堀田善卫作品

西班牙断章

スペイン断章
歴史の感興

[日] 堀田善卫————著
黄象汝————译

目 录

第一章　在安德林村 …………………………… 001
第二章　在莱昂地区 …………………………… 033
第三章　在安达卢西亚地区 …………………… 057
第四章　在埃斯特雷马杜拉地区（一）………… 076
第五章　在埃斯特雷马杜拉地区（二）………… 111
第六章　疯女王与神圣罗马帝国皇帝 ………… 122
第七章　在尤斯特修道院 ……………………… 148
第八章　在"化石之城"——科尔多瓦和格拉纳达
　　　　…………………………………………… 159

后记 ……………………………………………… 175

第一章　在安德林村

我想在西班牙住上一段时间。产生这样的想法是很早以前的事情了,但为何我会有这样的想法呢?

我自己也无法道明,是因为这个还是那个具体的原因。自1962年初次访问该国以来——包括受托为该国一位具有代表性的画家写评传,我总计来西班牙旅行了大约十次。尽管我不能确切地说,是这些旅行的经历使我产生了这样的想法。但一来,我之前就有离开日本一段时间的愿望;再者,不太会有一个地方像这个国家一样,无论人们去到哪里,都能见到其厚重、多元的历史毫无粉饰地显现出来,犹如在断层处观察矿脉一般。我想,应该是这样的愿望和想法,促使我来到了这里。

方才我用了"无论去到哪里"这种说法,此言并非夸张。但在此我必须赶紧补充一句:要丝毫不显夸张地来谈这个国家,也是一件非常困难的事情。

况且,人类的"历史",也许归根到底是有些夸张的历史。

譬如,我们(我和妻子)来到这个国家后,最初居住在阿斯图里亚斯地区,这是西班牙北部靠海的地区。我们在此住下并非是因为我们选择了这里,而是因为我的一个熟人的父亲——一位摄影师,碰巧在这个村庄里有一栋别墅,他会到这里度夏,于是我们便将此作为尝试在异国他乡生活的最初据点。仅此而已。

然而,来此住下才不过数日,人类的"历史"便不由分说地、宛如滚滚而来的波涛般向我们涌来,让我不由得心生惶惑。

不过,在进入纷繁的历史之前,我还是应该简单介绍一下来此的经过和这个村庄。

我们首先在巴黎入手了一辆车,避开已进入夏季连休期的法国的主干道,花了三天时间在法国乡间一路缓缓南下,没有经比利牛斯山脉,而是从圣塞巴斯蒂安进入西班牙境内。

众所周知,圣塞巴斯蒂安是西班牙巴斯克地区的主要城市之一。进入这座城市,首先迎接我们的是公共汽车车身上用大字写着"学习巴斯克语吧!"的广告语或者说口号。关于巴斯克人和巴斯克语，我没有谈论的资格，但总而言之，巴斯克语好像是世界诸多语言中最难学的语言之一，一如"恶魔在毕尔巴鄂学了七年巴斯克语，但只记住三个单词""他们写的是所罗门，却读作尼布甲尼撒"等戏言所概括的那样。虽然大多数西班牙人的祖先是古代伊比利亚人和阿拉伯人，他们来自非洲北部以及地中海地区，但巴斯克语似乎不是来自那里，而是源自东方。正因为如此，巴斯克人的独立意识，或者说走向分裂、自治主义的倾向历来十分强烈。

我曾经到法国境内的巴斯克地区去旅行，看到山体的岩石表面用油漆刷着巨大的标语"4 + 3 = 1"，甚为吃惊。这是呼吁将法国境内的巴斯克四省和西班牙境内的巴斯克三省合并为一个巴斯克自治区，甚至创建一个独立的国家。

我也曾在佛朗哥去世的当日（1975 年 11 月 20 日）乘飞机离开马德里，前往圣塞巴斯蒂安，然后立马乘车越过国境线进入法国的巴约讷。那时的巴约讷城内几乎所有的酒吧都被西班牙人占领，场面喧嚣嘈杂，人声鼎沸。

在这位已故的佛朗哥独裁统治的时代，巴斯克语当然不被认可为官方语言。不仅如此，在街头或广场说巴斯克语，或是胆敢在学校说或教巴斯克语的人，也常常会遭逮捕入狱。换句话说，公然说巴斯克语的人，一律会被打上"对抗马德里统治的分裂主义者"的烙印。

而如今(1977年夏),公共汽车上却自豪地展示着"学习巴斯克语"的口号,许多商店也不无自豪地贴上了"本店通用巴斯克语"的告示。而且还远不止这些,进入书店一看,不仅有巴斯克语和西班牙语、巴斯克语和法语的双语词典,让人震惊的是,还堆放着好几种用巴斯克语编写的物理学和化学的词典。

这意味着,即使在佛朗哥统治漫长的禁忌之下,他们仍在顽强地、孜孜不倦地学习并发展巴斯克语,努力使之成为能够适用于物理学和化学等近代科学的语言,毕竟词典不是一两年就能编撰出来的。

我深切地感受到了民族意识所具有的魔力。它早已超越善恶与得失,它是真实存在的。在阿尔及利亚,我也曾感动于这个只有1800万人口的民族付出牺牲上百万人的巨大代价同法国战斗,最终获得解放和独立的事迹。不,不仅仅是感动,那更是对我灵魂深处的一次震撼。对于同"大国"美国战斗的越南,我亦有同样的感受。

圣塞巴斯蒂安也是西班牙历史上最后一位国王——尽管如今西班牙又重新建立起君主制——阿方索十三世在1931年

扔下一句"我们似乎落后于潮流了"后,逃往法国前最后宿栖的地方。他的母亲玛丽亚·克里斯蒂娜摄政时来此地避暑,其间西班牙爆发革命,她便从这里径直逃离了西班牙。西班牙的国王们从历史上来讲其实就是一群颠沛流离的王,马德里也是在十六世纪后才成为首都的,即便是在那之后——1789年以来,也没有一个国王安稳地度过在位的日子。唯一的例外是费尔南多七世,但如果他没有得到法军的支持,其下场也不得而知。

我们在圣塞巴斯蒂安入住的酒店名叫"玛丽亚·克里斯蒂娜",宏大的酒店空空荡荡,冷冷清清。

离开圣塞巴斯蒂安,我们沿着海边,准确地说是沿着海边开山而建的高速公路向西行驶。虽说只是隔着一条抽象的法西国境线,但国境线两边地理上的,或者说地貌上的差异惊人。尽管不是第一次见到,但目睹的那一刻还是会令我一时茫然。

那是因为法国一侧到处是平缓的、宁静到有几分催人入睡的富饶山丘,山丘上是大片的麦田和葡萄园。西班牙这一侧则完全不同,这附近濒临坎塔布里亚海,雨水充沛,被称为绿色海岸(Costa Verde),山上树木繁茂,但那由石灰岩构成的灰白色群山却是一副盘曲嶙岣、面目可憎的样子，与法国的田野山丘相比，真可谓天壤之别。

西班牙是山国，如此一说，必定立刻有人反驳说西班牙新老卡斯蒂利亚、拉曼恰、安达卢西亚等地也有方山台地和裸露于骄阳下的平原。然而无论是要到达平坦的台地还是平原，都必须翻越崇山峻岭。除了这些台地和平原，把其余地区皆看作山国大致是不会错的。在思考西班牙这片土地、国家及国民性等问题之时，都有必要时常将之与山联系起来。

话说回来，我们暂时居住的地方是一个叫作安德林的村庄，位于阿斯图里亚斯地区东部、奥维耶多省利亚内斯市近郊，人口有250人，牛也有250头，村里既没有邮局，也没有电话。不对，村公所里有唯一的一部电话。

来到这里，首先让我们感到惊讶的是，在我们借住的位于山丘上的房屋前，耸立着三重险峻的山脉，最高处大概有七八百米。尽管山脚下种植着桉树林（用于造纸），山腰的牧场长有青草，但大部分是裸露着灰白色石灰岩的山地，令人感到毛骨悚然。那不是日语中所说的"山"，归根结底只是一种地质学上或地貌学上的裸地景观。

在三重山脉的后方——其实离海岸并不远，直线距离充其量不过30公里——海拔超过2600米、被称作欧罗巴山（欧洲之巅），山顶常年顶着白雪的石灰岩群山巍然屹立。起初，连我也百思不得其解，心中感慨，我这究竟是到了个什么地方啊？是瑞士吗？这么想着，转眼看见断崖下的陆地，陆地的前方是一片湛蓝的海。所以，倘若看见一群海鸥在这高耸的群山间盘旋，也不足为奇。可这种经常在明信片上见到的瑞士牧场和高山的景观配上一群飞翔的海鸥，必定让人觉得别扭，所以很是让我费解。

而作为海水僻近背景的高耸的群山，突然形成一个浅浅的 U 字形，在靠近海岸的有大片牧场的村庄附近缓缓蹲伏下去，等到临近海边，又陡然升高，形成险峻的断崖，最后伸入海里。不仅如此，岩岸和沟谷还形成了深入内陆的海蚀穴，营造出细长，但时而又变得宽阔的挪威峡湾般的景象。"里亚斯型海岸"这个说法，我上小学的时候便知晓，但我还是第一次知道"里亚斯"一词源于西班牙语。另外，这个村庄经常停电，我去买蜡烛和烛台（candela）的时候，被告知日语里说的马灯[①]也源于西班牙语。

据说，这里的海，除了在冬季，大多数时候都很宁静，但正

---

① 日文为カンテラ（kantera），与西班牙语烛台（candela）发音相近。——本书注释如无特殊说明，均为译者注

因为如此才让人感觉,群山与临近海边陡然升高的断崖仿佛山的波涛一样向大海涌来。用于海水浴的沙滩或被包围在这些断崖之中,或悄悄地被隐藏了起来,宛若壁龛一般。这里有无数个这样的小沙滩——与其说有,不如说隐藏着。它们是当地人的骄傲。

村民最主要的工作是养牛,一大早便有采集牛奶的卡车开进村来,有的卡车车身还印有总部位于瑞士的大型食品制造商雀巢公司的商标,跨国企业大显身手的架势可见一斑。我在一个晴朗的日子来到海边,看见村里的女人们边走边捡拾石花菜,一打听,才知道有日本的商行花高价钱购买,然后拿到日本去制成药品。晾晒的寒天①点缀着日本信州②的冬日景色,其原材料是石花菜,有许多便是来自这附近至葡萄牙一带的海岸。晾晒的石花菜,果满枝头的苹果树、杏树,再加上里亚斯型海岸、披着雪的巍峨群山和峡湾,使得伊那谷和三陆海岸、瑞士和挪威在我的脑中乱作一团,叫我分不清自己究竟身在何处。此外,村庄牧场上的绿色牧草间,白色的石头俯拾即是,间或还冒出些奇形怪状的岩石,看上去宛如龙安寺庭

---

① 一种从石花菜、真江蓠等红藻类的黏液中萃取的物质。
② 日本旧国名之一,相当于现在的长野县全境。

院中的景象;在意想不到的地方又发现有洞穴凹陷,形成洞窟,让我以为自己来到了秋吉台。每天出门办事或出去散步,都必定会碰上令我惶窘的事。

顺便说一句,这里的洞窟壁画不计其数。在这个村庄的附近也能发现随意涂鸦的壁画,不过如阿尔塔米拉①洞窟中的那种艺术性高超的作品则是不容易见到的。

采集牛奶的卡车开走后,村民便把牛群赶往牧场,牛群的脖子上挂着的大铃铛发出低沉的声响。不一会儿,就听到一阵长镰刀收割牧草的声音,之后又传来路边孩童的嬉戏打闹声,除此之外,整个村庄鸦雀无声。

这是一个宁静的村庄。据说,隔着一座山的另一边有一条河,鲑鱼会从海里洄游入河。村里人借给我钓鱼竿和长筒水靴,让我去钓,还说那种鱼谁都能钓上来,只是块头有点大。在喜欢钓鱼的日本人看来,这简直让人垂涎欲滴。在这里,人们连农药的"农"字都没听说过,番茄凹凸有致、颗颗饱满,青椒的个头足有婴儿的头那么大,黄瓜自然生长弯曲,四季豆根根纤长,没有短于五寸②的,小竹荚鱼换算成日元每公斤大约

---

① 位于西班牙北部,1879 年在这一地区洞窟中发现旧石器时代的壁画,1985 年该壁画被收录于世界文化遗产名录。
② 1 寸约等于 3.33 厘米。

才一百二十日元。西班牙的物价低,我想归根到底是因为它是一个农业国,食物能够自给自足。我等再操心也想不明白,这个农业已经完全实现了工业化的国家是如何保证其农民安居乐业的呢?村民用长镰刀麻利又整齐地收割牧草,时而又从别在腰间的剜木而成且盛有水的盒子里拿出磨刀石来磨镰刀。每当我听着这磨刀声,想到在日本的生活,就会感到头晕。

村里有一家,也是唯一的一家兼作酒吧的杂货食品店,去到那里,便能一次性知晓村里所有的事情,谁都能清楚地了解村里其他人的情况,我们的情况也不例外。大概不出三天,全村人都知道了我们是不去海水浴、只顾读书的行为古怪的日本人,并且很快就知道我是个作家。孩子们在路边见到我,会让我在沙地里写日语给他们看。

入夜后,除了我们一家,村里一片漆黑,巨大的萤火虫扑面而来。我方才写,在这样的环境下,一想到日本就会感觉头晕。但我并不想思考日本的问题,我甚至告诉自己,就此作罢吧,即便不刻意去思考那些问题,我也无疑是个日本人。这么一想便能释然了。我觉得,只要是在有人和其"历史"痕迹的地方,无论栖身何所、终老于何处,都无所谓。

我去酒吧买东西,村民们总会接二连三地问,你去过那里了吗?什么什么地方有什么,你去看过了吗?所以我那点勉强能用来阅读的西班牙语完全应付不过来,真叫人发愁。我们一点也没有要去海水浴的意思,他们好像有些不满,但这也无可奈何。这里虽然是西班牙北部,但再怎么说也是西班牙,被火辣辣的太阳一晒,就算我们戴着帽子,也肯定会中暑。而且此处接近北纬43度,所以大致同根室或厚岸海岸一样,海水水温很低。加之海洋性气候和山地气候并存,天气变幻莫测,一会儿骄阳似火,一会儿又有白雾从欧罗巴山飘来,山上晴空万里,海边又乌黑一片。一日之中,雾、雨、骄阳反复交替,八月中旬甚至还下了冰雹。风也冷,即使是夏天,出门也离不开毛衣。西班牙处处如此,光与影之差不仅是明与暗之别,其温差也不可掉以轻心。

无论村里人怎么劝,海水浴我是坚决不去的。曾有一个夏天,我在地中海洗了海水浴,结果又是中暑又是感冒。欧洲的海水,即便是地中海,对日本人来说也太凉了。可海水浴一事好不容易让村民们理解了,这下又让我们去海里钓鱼。说是在日本被叫作鲷鱼、鲈鱼和鲉鱼的海产,在这里都能轻而易举地钓到;用作鱼饵的沙蚕,去邻镇的理发店要多少给多少……此话千真万确,我曾看见有好几个村民挑着拴有好几条从眼睛到尾巴约有五寸长的鲷鱼从眼前走过。

可西班牙的鱼,为什么要用如此坚硬的鱼鳞将自己武装起来呢？无论是比目鱼还是沙丁鱼，全身都被着实牢固的鱼鳞包裹着；至于鲷鱼，其厚厚的鱼鳞足以使我们从日本带来的菜刀卷刃。

我们不去海水浴，不晒日光浴，也不去钓鱼。对于村民而言，我们的生活方式实在让人难以理解，而面对他们的不理解，我们也甚是苦恼。

事况至此，我突然意识到自己仿佛陷入了他们设好的圈套。他们一知道我是个作家，对历史感兴趣，便争先恐后地说：去那里吧，那儿有什么什么；不，不，与其去那里，还不如来这儿。于是，我只好把来酒吧买东西的事情扔在一边，面对他们的提议，也不知如何是好。总之，我们从法国出发，经过长途跋涉来到这里，深感疲惫，所以一心只想好好休息一下。

不久，村民们之间似乎协商一致，由快85岁的帕科（弗朗西斯科）老叔代表酒吧常客向我游说。他叫我先去附近山丘上的"培尼亚-托"看看。据说帕科老叔曾经在纽约待了15年，英语非常流利，对我们而言，真是一位不可多得的朋友。

"'培尼亚-托'是什么呢？"

"'培尼亚'在西班牙语中是岩石的意思。"

"这个我知道，但'托'是什么？"

"这个谁也不清楚。"

"谁也不清楚"也不奇怪。

村庄位于浅 U 字形的低洼地,我们借住的家在一侧山丘的半山腰上,家的对面,是稍矮一些的连绵群山,"培尼亚-托"就在这其中一座山的山顶上。

我们在半山腰下了车,上气不接下气地爬上山顶一看,的的确确是"岩石"。山顶上有松树,一块巨大的岩石裸露在外,以其为基石,另一块同样巨大的岩石无可置疑地叠在了基石上面。那是史前人类垒起来的所谓的石棚①的一种。"谁也不清楚"也是理所当然的了。

"培尼亚-托"是西班牙国家历史遗产。在基石部分,有被认为或许是史前人类进行过祭祀活动的凹坑,被铁栅栏保护了起来。一家来自法国的旅行者在附近用罐装煤气将香肠热了吃。

我好像被村民们的共谋给巧妙地牵着走了。对历史感兴趣的话,就让他先从人类历史产生之前的地方开始看——这恐怕就是村民们得出的结论。

---

① 亦音译为"道门""多尔门",为新石器时代至铁器时代人类用巨石堆成的石室状建筑,被认为可能是供亡灵出入墓室的门户和通道。

哎,被牵着走了!虽然我心里这么想,但还是心满意足地从山上下来了。稀稀疏疏的松树得益于强烈的阳光和较长的日照时间,尽情地吐露着新芽。树与树之间,生长得满满当当的蕨菜也长势甚好,其间有嫩叶探出头来,形状似婴儿紧握的拳头,我们就是为采集这个而来,打算用水煮了吃。而没有长蕨菜的地方,则长满了比苔藓类稍大的,但带刺儿的东西。它们开着朱红色的小花,长出了相同颜色的圆圆的果子。我想,这大概就是日本所谓的高山植物的一种。

然而,当我们提着蕨菜从山上下来,又引起了村里人的热议。

我说这个东西可以吃的,村里人则说:不,那个不是食物,虽然从根状茎能提取淀粉,但没必要吃那种东西,总之,蕨菜不是用来吃的……这便是,要入乡随俗!我在东德也曾找到过蕨菜,然后把它推荐给娶了日本太太的德国人。可他却问,要是吃了这个菜死了怎么办?我说,你要是这么说,还是别吃了。

"'培尼亚-托'太了不起了。我很喜欢看这类东西。"

听我这么一说,村民们总算满意了,他们一脸满足地喝光玻璃杯里的啤酒,三五成群地离开酒吧回去了。

我是真心很喜欢看这类东西。我曾经从斯德哥尔摩出发,乘货轮去英国。因为我在伦敦有一两件事情要办,但主要的目的是去看位于英国南部的巨石文化的代表性遗迹巨石阵。我从伦敦出发,换乘了巴士,经过了一段蜿蜒曲折的路才到达,果然让我大饱眼福。我不清楚那是圭表、七曜表,还是其他的什么东西。我也通过阅读相关书籍多少掌握了一些知识,但那都无关紧要。总之,在那昏暗的、大雨将至的天空下,巨大的岩石排成环形的柱廊形状,身临这神秘的石柱群,心中升起一阵莫名又令我些许生畏的感动,使我感到无比畅快。

人类会做什么,又做出了些什么事情来?去看,去感知,便是我的目的。

即使不明所以,即使难以理解,也完全不要紧。让那种不可名状的感动和经验在自己的身体里一点点地累积,仅此便足够了。

"'培尼亚-托'太了不起了。"我重复说着这句话。

我也只能想到这一句话,但这一句就够了。帕科老叔的脸上也露出了满足而喜悦的表情。

村民们为我准备的下一个项目,是去眼前耸立着的三重山脉中的第二重山脉中的山谷,这恐怕也是他们协商一致的结果。与欧罗巴山那种海拔 2600 米、险峻得令人害怕的群山相比,第三重山脉山体地表裸露,与其说是山,不如说是灰白色的岩石块,山顶常年积着雪。

"那种地方,怎么去呢?"

"你放心,路况很好,都是铺装路,只是稍微有点曲折……"

果然路况不错,但可不是稍微有点曲折。我的妻子负责开车,说得夸张一点,她操作着的方向盘就像水车一样,忽左忽右来回转。我坐在一旁,看着窗边怕是足有数百米深的悬崖,一路上胆战心惊。

我们那天的行程目标,是去看一条修建于古罗马时代的山中石板路,位于一个地处险峻山区(这一点已不用多作说明)、名叫阿雷纳斯的村庄附近。村民们没有告诉我,那里甚至有一座古罗马时代建造的小桥留存至今,且实际上还在为人们所使用。

我果然感到极为震惊。我可以理解罗马人为何在塞戈维亚修建高大又壮美的输水道、在梅里达修建圆形剧场,但是在如此险峻的山里修路架桥,其目的何在?若是历史学家,一定会冷冰冰地说,他们在建设罗马帝国的殖民地,为了在殖民地上构筑文明、守护文明,即使是在阿斯图里亚斯这样偏僻的山区也要确保交通便捷。因此他们在这里也修了路,架了桥。

倘若如此回答我,我也会认真聆听、表示赞同。但这样的说明,只是照搬教科书,并非在谈论"历史"。

"铺装路"是由相当大且凹凸不平的石头铺就的,不用说,没有任何人维护,杂草丛生,若不稍加注意便发现不了它的存在。建造这条铺装路——我其实更想用"创造"这个词——何其艰辛,一看便知。其时为公元前200年至前100年,据史书记载,是在罗马人屋大维·奥古斯都①的指挥下建造的。

这一段山路,使我想起了因为平安时代盛行参拜熊野三山,而在南纪的险峻群山中开辟的那断断续续的古道之遗迹。记得有一位天皇还是法皇②,在其一生中前往熊野参拜了十余次,给百姓造成了极大的负担。尽管参拜者确实是为了信仰而去,但更近似于一种赶时髦的行为。

说起古罗马的桥,人们应该会立马想起现存于科尔多瓦,至今仍作为机动车车道使用、架在瓜达尔基维尔河上的巨型石桥。可以说,此桥与塞戈维亚的高架输水道一样,是西班牙的标志性建筑。然而,毋庸赘言的是,不可能只有这些"地标"留存下来,实际上,在西班牙各地,还有无数座古罗马桥依旧

---

① 罗马帝国的初代皇帝。
② 在日本特指出家遁入佛门的上皇(太上天皇),也叫太上法皇。法皇为其简称。

存在。

至于古罗马修建的路和桥所处的山地究竟有多么险峻,看看这附近的特产奶酪,大概便能有所知晓。由于山势险要,山里产的牛奶等物产不能运往平地,于是当地人将牛、山羊、绵羊等动物的奶掺和在一起制成了奶酪,因此它散发着一股出奇强烈的气味,倘若直接放入冰箱,冰箱里其他的东西全都会沾上这股气味,或者说是臭味。

另外,说起位于不那么陡峭的平地附近的古罗马桥,在距离我们住的村庄60公里左右处,有一个叫坎加斯德奥尼斯的小镇,小镇里静静地流淌着一条名叫塞利亚的河,约莫有10米宽。在这条宁静又不算太深的河上,架着一座雄伟的石桥,日本称为石拱桥。拱桥不便于机动车行驶,于是在紧挨着它的旁边又新建了一座供机动车行驶的桥。然而,让我颇感费解的是,从河的宽度来看,即使是在水位因融化的雪水猛增的时期,这条河都不是一条无法涉渡的河。河水也浅,向下张望不深处即可见河底。居然在这样的地方,也建了一座雄伟的拱桥。

凹凸不平的石板陡坡上,孩子们骑着自行车冲上又冲下,牛群和驴群避让着机动车,也在这里上上下下。我从供机动车行驶的桥上眺望那座岿然不动地立了至少1900年的"小"

石桥——应该可以这么称呼吧，若是和科尔多瓦、巴达霍斯等地的大桥相比的话。这么一想，我情不自禁地笑了。

我想，这大概关系到罗马帝国的威势、威仪吧。我仿佛看见名叫什么什么努斯，或者什么什么图斯的那帮家伙在大声地指挥着桥的修建。这里即便在夏天也微寒，就算是这帮人，穿着也不可能如在电影中看到的那般——头戴盔甲，赤膊的上身挂一件类似皮背心的东西，手戴护套，再绑上绑腿就完事了。他们究竟穿着什么样的衣服呢？

这些小路和小桥，终归只是罗马帝国的碎片。我钟爱碎片。

不过，虽说是山里的碎片，既然提到了古罗马，关于这个历史上的强大帝国的遗产，我还是不得不说一两句。无论是巴黎卢浮宫的基石，还是科尔多瓦清真寺的基石，皆为古罗马神庙的遗物。殖民者建设、美化城市，建造剧院和神庙，甚至在边疆阿斯图里亚斯地区修路、开荒拓地，并且，他们蹈袭腓尼基人的做法，在塞维利亚西北地区叫作里奥廷托（红河[①]）的地方开采铜矿……他们是名副其实的帝国建设者。但与此同

[①] 地处西班牙西南部，发源于莫雷纳山脉。河水因其化学结构而呈现出独特的红橙色，含铁与其他重金属，具有很强的酸性。

时，一如"红河"这个名字所揭示的，它也是历史上的第一号"公害"，这是无可置疑的。因此他们在享有所谓的"青铜时代创始者"这一美誉之时，也没能逃脱"第一号公害制造者"这一殊荣。

八月的某一天是当地人的节日，从前一天开始，村庄的道路就被打扫得干干净净，路边的杂草也被长镰刀除掉，大多数人家的父母都会去附近的小镇租借节日盛装给孩子们穿。

当天，我一大早便被教堂的钟声吵醒了。紧随其后，吹着风笛、打着小鼓的五人乐队绕着村里的小路转了个遍。

风笛那悠扬的声音让我大吃一惊，因为他们用的乐器既非吉他，也非响板。这里曾是凯尔特民族居住过的地区，是凯尔特人的西班牙，而非伊比利亚人的西班牙。因此，他们拿出的乐器是同苏格兰和爱尔兰一样的风笛。

在此之前，我远眺村庄的风景，看见那连绵的重山、岩石，和那将小石头和岩石垒起来做成牧场边界的景况，便胡乱地想：与其说这里是西班牙，毋宁说更像爱尔兰，因为海的对面不就是爱尔兰吗？当风笛出现的时候，我心想，果然不出所料。

在男孩们穿的衣服中，我注意到一种不用将手从衣袖里穿过,而是将布料斜搭在一边肩膀上的颜色亮丽的坎肩样式的服装,这又让我大吃一惊。

这种服装,是我以前读过的几本西班牙历史小说或史传里登场的"披肩骑士"的传承或是流变。在村庄的小教堂里举行的弥撒结束后,钉在十字架上的耶稣像被抬了出来,众人开始列队巡游。我很想向身旁的男孩们打招呼,叫一声"嘿,披肩骑士大人",但我怎么也想不起如何用西班牙语表达。边查字典边阅读的水平就是如此靠不住,在急需的时候,完全派不上用场。

这些"披肩骑士"手持天然的、带点弯曲的,毋宁说是粗细恰到好处的木杖。这种天然木杖是朝圣之旅的象征,而朝圣之旅对于西欧中世纪的基督教徒而言具有极其重大的意义。这又令我不禁感叹:原来如此!

披肩骑士和朝圣。而这里——阿斯图里亚斯地区,也是朝圣者们的朝圣之路经过的地方。

冷不防被带入了中世纪,我也跟在队伍的后面走了起来。走着走着,想起了距离巴黎圣母院不远,同样位于塞纳河右岸的一个广场,广场上耸立着一座名为圣雅克的十分奇特的塔。

很久很久以前的某个春日,几乎来自欧洲所有地区的形形色色的人聚集到这个广场上,数量总计有数千人。他们从这里出发,向着1500公里外的西班牙西北角附近的圣地亚哥-德孔波斯特拉①,开始了艰难辛苦的朝圣之旅。其中有老有少,有王公贵族也有贫民乞丐,有小偷也有骑士,有女王也有杀牛之徒,还有哲学家和诗人。据相关书籍记载,他们在巴黎的这个广场上被分成九组队伍。第一组为老人组,他们被认为有半数以上将在途中去世;第二组为骑士团,保护着女性朝圣者;第三组为圣职者和修道士,甚至偶尔有诸王和枢机主教掺杂其中;然后是第四组,全为罪犯,这是因为以前常有"五年徒刑,或者前往圣雅各的墓地朝圣"这样的判决,不过,他们大抵会在入境西班牙后的第一个小镇潘普洛纳购买一张"确有到访,以此为证"的牌子,然后便掉头返回,其中好像也有人不回去,转而干起袭击朝圣者的营生;接下来是乞丐、小偷这样的人组成的一组;然后是商人、建筑从业者、画家、雕刻家及其他人员,他们也兼着在途经的教堂及修道院做买卖;而后是趁北部西班牙政局不稳定而入境、打着圣职者幌子的间谍……

我着实没有料到,参与村庄的节日活动,竟会让人联想起西欧中世纪的朝圣这一盛事。孩子们当中,有的帽子上别有扇贝、木杖上拴有葫芦,扇贝是朝圣之旅的象征,葫芦则是水

---

① 有时也简称为圣地亚哥。

壶的替代品。在西欧的教堂里,经常能够看到扇贝形状的圣水盆置于墙边,这也与朝圣有关。

刚才提到了圣雅各的墓地。他的名字在西班牙语中叫作"圣地亚哥",在法国叫作"圣雅克",在英语里则叫作"圣詹姆斯"。

圣地亚哥-德孔波斯特拉朝圣之路对基督教徒而言是与耶路撒冷朝圣之路和罗马朝圣之路齐名的三大朝圣路之一。

不过,村庄的节日活动极为简短。队列从位于村庄中心的教堂出发,缓缓地走过将村庄分为两半的道路,到达位于村庄尽头的小圣堂——佛教中称之为祠堂吧,至此列队巡游便结束了。旁边牧场的绿地上,穿着传统服装的女人们围成一个圈,拍着手鼓唱起歌,跳了将近一个小时称不上是跳舞的简单舞蹈——由于舞蹈动作太少,使我想起了相扑的入场仪式。至此,所有的活动就都结束了。烟花发出"嘭嘭叭叭"的声响,风笛乐队的乐手们躺在苹果树下互斟共饮,不知从何时起他们竟睡起了午觉。

披肩骑士们则由母亲或姐姐陪伴着回家了,但她们不是杜尔西内亚①。没有移动货摊,也没有露天小店,什么都没有。

---

① 西班牙小说家塞万提斯作品《堂吉诃德》中的人物,在故事中是一名养猪的地道村妇,被堂吉诃德视为公主和贵妇人。

简单、朴素。事后听说放烟花的村长受了伤。

跳着如相扑入场仪式般舞蹈的妙龄女子中,有一个拥有白皙透亮的肌肤、蓝色眼睛,纯真清秀的金发女子。于是我向村民询问是什么情况,她是否是北欧人的后代,结果再度令我惊讶不已。原来是在很久以前,北欧的维京海盗(?)①来到这附近的阿斯图里亚斯海岸,就此定居了下来,因此偶尔会有那种模样的姑娘出生。

连海盗的幽灵也出现了!

是日傍晚,我们应住别墅的邻居的邀请来到他的家中。他是一位老摄影师,出生于匈牙利,1938年逃离希特勒的压迫移居法国,二战期间住在摩洛哥的丹吉尔,战后取得了西班牙国籍。

"您的经历仿佛电影《卡萨布兰卡》的情节一样。"我恭维道。

"不,那是亨弗莱·鲍嘉先生的经历,和我没有关系。"他一笑置之。

他的夫人是菲律宾人。这样,包括我们在内已经有三个不同国家的人了。受邀陆续而来的客人中,有格勒诺布尔-阿尔卑斯大学的西班牙文学教授(法国人)夫妇、西德的记者、西

---

① 此处(?)为作者标注。

班牙外交部的高官等,数一数国籍竟有六七种。

前面我写道:牛群的铃铛声和割草的声音停歇后,村庄里便万籁俱寂,只剩下孩子们打闹的声音。仔细一听,孩子们的打闹声中,除了西班牙语外,还夹杂着德语、法语、荷兰语,以及像是瑞典语的语言。

这大概意味着,现代社会的严酷也正向这座安宁的村庄袭来。人口250人,牛也是250头,人口的大部分都是老人和孩子,几乎没有青壮年。村里的酒吧是老头老太们集会的地方。也就是说,村庄处于人口过疏的境况。不光是年轻人,大多数村民都到德国、比利时、法国、英国等地去打工了,其中还有去了就不回来的人,他们空出来的房子就成为民宿,供从北欧来此享受日光的人居住。受邀来老摄影师派对的德国人记者居住的建筑建于十六世纪、装饰着硕大的纹章——由此推断它曾是贵族的宅第。

后来我和前面提到的金发女子聊天,她叹气道:"在西班牙找不到工作,所以年轻人都往外跑。"然而这位姑娘平时也在马德里工作,是因为过节才回来的。

聚集在酒吧里的老人们大多有在国外工作的经历。由于我们的车牌号是法国巴黎的,所以有人以为我们是法国人,总是用法语跟我们说话,对我来说这样也更好。帕科(弗朗西斯科)老叔和我们当然是说英语。要是遇上下雨天,来村里的外国人也会聚集到这个酒吧来,于是就会演变成一整日以西班牙语为主、混杂着多国语言的闲聊大会。酒吧前面有一小块空地,好几个国家的孩子操着好几国语言在此玩闹,和大人们不同的是,他们能迅速掌握西班牙语,到夏天快结束的时候,所有的孩子都只说西班牙语了。

我呢,相较而言懂一点西班牙的历史,所以很受老人们的欢迎,他们会用极快速的西班牙语滔滔不绝地向我讲述这个村庄的历史。即使一开始是用法语或英语,中途也会极其自然地转换成西班牙语。

"从前,这个村庄里有许多人去古巴挣钱。"

我曾经也去过古巴,熟悉的地名从他们的口中一个个蹦出来,听着听着,仿佛古巴成了这个村庄的殖民地。

"你看,在那边的拐角处再稍微往里走的那个房子,那家好几代前的老爷子在古巴的某个地方杀了许多印第安人,所以那个房子里有怨灵。"

"自从菲德尔·卡斯特罗出现后,古巴就不行了,没希望了,现在是墨西哥好。"

这么一说,我想起节日的前一天,我们家的那座低矮山丘下面的那户人家前,停了一辆挂墨西哥牌照的大型美国产汽车。

"我们管在墨西哥赚了钱回来的家伙叫'印第阿诺斯'。"

"哎呀,更早以前,还有去非洲和美国做奴隶买卖的家伙呢!"

这让我多少有些吃惊,但转念一想,作为西班牙的历史,这也不足为奇。尽管如此,村里却全然不见富贵的人家,这又是为何呢?或许这也是西班牙特有的一面。

"所以有时会有黑人孩子生出来。活该!"

以前的事情自不必提,有时我更想打听一番有关佛朗哥死后的现状。但这是很露骨的政治问题,所以我尽量避免直接从我口中问及。作为外国人我得讲礼数。

"今天早上我去了一趟邮局(位于隔壁小镇上),把稿子寄到日本了。"

"稿子写好啦?那太好了!每次经过你家,都看到你在写东西。"

"到邮局后我大吃了一惊,佛朗哥的肖像不见了!"

我刚一说完,从中午开始就在酒吧的最里面边喝酒边打牌的一群人中,一个老人推翻椅子径直朝我冲过来要和我握手,差点就要一把将我抱住。然后他点了两杯干邑白兰地说:"举起酒杯来!"不用说,我惊慌失措,但老人也什么也没有说。

什么都不说也好,什么都不说更好。

1936年至1939年的内战结束后,在这个省的省会——矿山之城奥维耶多附近,还有数以万计的民众被杀害。

我也沉默着。

我默默地拿起装有干邑白兰地的酒杯。这时,酒吧的老板告诉我,在佛朗哥去世的当日,马德里有许多人一边流泪一边喝香槟,香槟的空瓶子静悄悄地散落在城市的大街小巷。

在此之前我以为这个村庄里只有一家酒吧,并未注意到其实还有一家,静悄悄地和牛舍共用一室。大概是村庄内部有什么隐情吧。

但不管怎么说,来到佛朗哥死后的西班牙,最令人感到愉快的是:以前在任何小镇和村庄的入口处都一定会出现的五支长箭积攒在一起的独裁政党长枪党的党徽消失不见了。那种东西对人是一种威慑。在这座村庄入口的岔道口,还留有似乎是党徽拆除后的痕迹。我曾经到画家戈雅出生的地方——阿拉贡地区的丰德托多斯村探访,见到村庄的入口处也有五支箭束在一起醒目地立在那里,心想:这种地方用得着吗?如今它们大概也从那里消失了吧。

邮票和货币也渐渐褪去佛朗哥政权的色彩,下一个大概就是道路的名字了。不可思议的是,这个村庄里既没有佛朗哥广场,也没有佛朗哥大道,而这两者在任何一个小镇和村庄都必定会有。数量仅次于以佛朗哥命名的道路的,是以长枪党创始人、狂热的恐怖分子——这么说想必不为过——何塞·安东尼奥的名字命名的广场和大道。

关于这一点,曾经有人跟我讲过一则笑话:独裁者来到一个村庄,但谁也不向他行礼,也不打招呼。于是独裁者大怒,大声呵斥道:"我的名字明明就写在那边的广场和大道上,你们算什么,一群无礼之徒!"结果村民说:"……哟,原来您就是可口可乐先生啊!"

然而,尽管他和他们逐渐退出了历史的舞台,但这个国家的政治改革依旧困难重重。虽说佛朗哥去世,国家开始推行民主化改革,但我在某杂志上看到的一则漫画仍然反映出其困难重重的一面。

即便赦免多数政治犯被提上了议程,但一直迟迟不见落实。标榜反独裁、民主化的左翼政治犯,仗着有权力而迫害左翼的右翼政治犯——这两者难以等同处理。这则漫画中,将赦免(AMNESTIA)一词分成了三个部分:一人扛着"AM",一人扛着"NES"转圈,第三个人将"TIA"高高举过头顶。三个人都面朝不同的方向,互不理睬。

如此,赦免一事便难有进展。

政治仍旧沉重地压在人们的头上和肩上。

只要村民们不来找我们,我们便会一直待在家里,哪儿也不去。他们对此似乎感到非常吃惊,认为或许是因为我们没有朋友。于是有一天隔壁小镇赶集,在小镇的广场上,他们向我介绍了一位日本人画家。

这反而让我很吃惊。虽说同在西班牙,但这里毕竟不是马德里或安达卢西亚地区,没想到在北部如此偏僻又寒冷的村庄附近,居然能见到一位画家,而且他还是定居于此的同胞。详情在此省略,总之,有这样一个人埋头在此工作。后又听该画家说,还有另一位画家,居住在距此地 35 公里左右、位于峡湾边的一个小镇上。

后来遇到另一位画家时,他告诉我:

"前不久,我在小镇上工作,遇见了来附近的桑坦德大学暑期课程学习的日本女学生们。我问她们日本最近怎么样。她们回答我,参议院选举结束了。于是我说,啊,山阴线也停运了吗?改为巴士了吗?结果引得她们捧腹大笑……"①

---

① 在日语中,山阴线和参议院(选举)的发音同为 saninsen,所以作者理解错了。山阴线是列车路线名。

因为他脑子里的参议院选举和山阴线串线了。

一把年纪了居然还会犯这种错误!

我和这两位画家结伴去过桑蒂利亚纳村,这倒不是村民们建议我去的。这个村庄充其量只有数十户人家,几乎每户人家的房屋上都镶嵌着很大的石刻纹章,并因此而颇有名声。据说许多卡斯蒂利亚有名的贵族都出身于这个村庄,所以这个村庄也享有很高的声誉。

然而,换一个角度来看则意味着:很久很久以前,阿拉伯穆斯林从南方入侵,几乎席卷了整个西班牙,最终将他们驱赶到了如此靠北的海边。

穆斯林仅用了短短几年的时间,便控制了除北方沿海地区和西北加利西亚地区以外的整个西班牙。

历史在所有的村庄中都留下了清晰的烙印,闻名遐迩的阿尔塔米拉洞窟壁画就在桑蒂利亚纳村的附近,它猛地将我拽回到两万五千年前。对我来说,这已经远远超出了"历史"的范畴。

另外,从我们的村庄出发不远,有一处叫科瓦东加的遗址,这里有教堂也有修道院,同样位于极其险峻的山中,仿佛深深扎根于此。历史上赫赫有名的传说中的英雄人物佩拉约从山中出征,取得了与阿拉伯穆斯林交战的首次胜利,揭开了收复失地运动的序幕,他也因此而扬名。这里对西班牙人而言犹如圣地,西班牙王室的王储要在这里接受册封,受封为阿斯图里亚斯亲王①。科瓦东加就是这样一个地方。

然而,从另一个角度来看却可以说:西班牙人居然被驱赶到了与大海仅有一线之隔的山中。他们已没有退路。

在英雄佩拉约的铜像上,仿佛腰带状地刻着一句话:"山是西班牙的救星。"看到这句话,我不禁苦笑。确实,在西班牙无论去什么地方,都必须翻山越岭。

西班牙的山,给西班牙这个国家的性格及文化文明刻上了决定性的褶曲。

---

① 阿斯图里亚斯亲王是西班牙王位继承人头衔。

第二章　在莱昂地区

正如"山是西班牙的救星"所示，传说中的英雄佩拉约据守在险峻的阿斯图里亚斯地区的山中（换一种说法，是被伊斯兰教徒击退至此，无处可逃），在此以游击战术，首次战胜了科尔多瓦的埃米尔派来的摩尔人部队，让被逼到北部海边的基督教徒重获信心。这位英雄好像是西哥特人国王的子孙。

一点不假，历史不是用来读的，而是用来看的，目睹西班牙的历史使我领悟、体验了这一点。我意识到，像西哥特人这样，在罗马帝国灭亡后如此大规模地进入伊比利亚半岛，却只留下极少文化痕迹的民族，大概是不多见的。他们来自何方？他们好像是从暗幽幽的德意志森林附近怀抱视若珍宝的异端基督教而来。无论如何，是他们将基督教传到了西班牙。

可以说，西班牙各地的城市都一定有一座考古博物馆，其中也必定收藏有两三件出自西哥特人之手的石柱或柱头。但他们雕刻的作品相当拙劣,大概没有哪一个民族像他们一样笨拙和粗糙。首先,这帮人似乎没有左右对称的概念,即便是易雕刻的石灰石,到了他们手上,最后也会变成像是笨熊挥凿刻出来似的,已经无法只用稚嫩或古拙来形容。

更让人不解的是,西哥特人来此半岛时,罗马人应该已经造好了大部分的神庙、道路、桥梁等建筑,所以他们应该不缺可以参考的样本。

在字典上查 Goth 这个词,大都写着"Goth = 哥特人",并被贴上了"三世纪至五世纪入侵罗马帝国的条顿人""野蛮人""粗鲁之人""文化的破坏者"等负面的标签。这群不折不扣的粗人,越过比利牛斯山脉来到这片土地,接触到装饰有神话人物雕像的神庙和桥梁时,会是多么的惊讶啊。遥想他们的心情,也是走进历史的乐趣所在。细看他们留下的少量柱头雕刻、基石及其他物件,就会发现其模板大多为他们的"前辈"——古罗马的东西。

总之,他们几乎没有留下任何文学、艺术作品之类的东西或是代表性的建筑物。他们留下的最珍贵的东西收藏于托莱多的圣克鲁斯博物馆。而且,无论是他们的名字,还是他们国王的名字,如雷卡雷德、维特里克、瓦慕巴、维察、金达苏伊斯等,都与西班牙人名迥异,也没有被后世继承。这是一个不可思议的民族。

然而,据相关书籍记载,他们的国王雷卡雷德一世在六世纪宣誓脱离异端的基督教、皈依罗马天主教,由此揭开了西班牙作为天主教国家的序幕,且继塞维利亚之后,将托莱多设为其都城。因此,可以说这群从北边入侵而来的"野蛮人"也完成了其历史使命。而且,据说他们给了西班牙人蓝色的眼睛。

及至后世,百姓们在千方百计、不择手段地攫取财富后,或因立下战功被封为贵族后,就会捏造宗谱,此时,似乎大多数人都把西哥特的瓦慕巴大王认作自己的祖先。

"山是西班牙的救星。"

原来如此……

收复失地运动始于八世纪左右,在初期以山区为根据地对伊斯兰教徒展开游击战的时代,山确实是救星。十九世纪初,在抗击拿破仑军队的战斗——名为"独立战争"的游击战中亦是如此。再比如,对泰奥菲尔·戈蒂耶①和普罗斯佩·梅里美②

---

① 泰奥菲尔·戈蒂耶(1811—1872),法国十九世纪重要的诗人、小说家、戏剧家和文艺批评家,代表作有《莫班小姐》《珐琅与雕玉》等。
② 普罗斯佩·梅里美(1803—1870),法国现实主义作家、中短篇小说大师、剧作家、历史学家,代表作有《高龙巴》《卡门》等。

等诗人、作家,以及理查德·福特①等旅行家笔下的山贼而言,山大概也是救星。

然而,山是……

夏天快结束的时候,我们决定离开阿斯图里亚斯地区,遂前往了该地区的首府奥维耶多。奥维耶多的周围有许多矿山,以煤矿为主,因此,看上去仿佛是一座完全现代化的城市。然而,正如西班牙所有的城市那样,在以大教堂为中心的区域,仍然能看见古老历史所留下的痕迹。从九世纪到十世纪,这里曾是阿斯图里亚斯王国的首都。但毋宁说,他们只是以此为根据地并围上围墙,一而再地翻越险峻的山峦朝南边的伊斯兰教徒盘踞的地区进攻。奥维耶多作为首都的时间非常短暂,这正意味着当时基督教徒的意气逐渐高扬,这座城市中遗留下来的小巧而洗练、精致的前罗马式风格教堂证实了这一点。该教堂是伊比利亚半岛最古老的教堂,其石材移用自古罗马时代的神庙。

我对基督教教堂的历史知之甚少,更不要说基督教美术

---

① 理查德·福特(1944—),美国当代小说家、编辑、评论家,代表作有《野性生活》《独立日》等。

了。因此，我大胆地使用"洗练、精致"这类措辞来形容这座教堂，我想，只要能将它所寄寓的人们的情思传达出来便足够了，故而尽量避免卖弄自己一知半解的专业术语。

同时，这座城市不光保存了近千年以前的历史，即使是不那么久远的——1934年的矿山工人暴动和从1936年7月持续到1937年年底的内战的残酷历史，也印刻在了大教堂的墙上，以及大学、兵营、监狱及地方官员的官邸等处。教堂的主体部分——如今成为宝物库的一栋小建筑建于九世纪初叶，之后被改造为罗马风格，该建筑曾在1934年的暴动中被矿山工人用黄色炸药摧毁。也就是说，它从反面，或是说从其中一个方面揭示出教会在这个国家的历史中发挥着什么样的作用。每当西班牙的社会结构出现问题时，必然会有大地主（贵族）、大资本家、教会、军队等势力登场。教会通常也是大地主。

暴动者们最终被赶出省会逃到山里。在二十世纪，山对他们来说已不再是救星。

我们在阿斯图里亚斯逗留期间，这座教堂的宝物库里进了小偷，里面的金银财宝被偷了个精光，如今教堂仍在修复。该地区的右翼政党报纸拼命挖掘该事件的所谓政治背景，但后来小偷在葡萄牙被捕。他们归根到底只不过是普通的盗贼。一有什么风吹草动，那些被掩埋在时间中的往昔记忆便会令人不快地蠢蠢欲动起来。

我们决定沿着从前以这座城市为根据地向南出征的人们的足迹，翻越高山，南下至莱昂。

尽管笼统地称之为山，但即便是在欧洲修得最完美的道路上行驶，要翻越这些山，也着实不易。一离开奥维耶多，紧接着迎接我们的便是一如"巍峨"二字所描绘的、面目险恶的群山，还有陡峭的峡谷，完全无暇去思考"这里应该也有罗马时代修建的道路"之类的问题。时不时扑入眼帘的单线铁路大部分位于隧道中，火车绕一座山行驶一段路后钻进隧道，然后绕另一座山环行一段又驶进隧道，甚至让我担心火车在隧道里到底会不会迷路。

由于这些山脉的缘故，在铁路成为西班牙最主要的交通工具并发挥其作用以前，西班牙就跳级式地迈入了汽车和飞机的时代。因此，西班牙的道路设施十分完善，急救设施也相当完备，让人不禁怀疑是不是朝圣年代的传统至今仍然健在。

然而，麻烦也在于这山。

在高1300米的险峻的垭口附近开始起雾了……

"关于西班牙国土的一个基本事实是它难以接近。整个

西班牙就是一座城堡。"(萨尔瓦多·德·马达里亚加①)

位于西法边境上的比利牛斯山脉自不必说,这个国家的各个地区皆被城墙一般的崇山峻岭包围着,宛如一座座城堡。比如南方的安达卢西亚地区和现在正离我们越来越远的阿斯图里亚斯地区,如果这些地区处于北欧或尼德兰②,西班牙便不会是如今的西班牙——这样说也并非不可思议。再比如,我们下了山将进入的古都巴利亚多利德市和曾经是欧洲的一大学术中心的萨拉曼卡市所在的莱昂地区,以及巴塞罗那、巴伦西亚等城市所在的地中海沿岸地区,这些地区的地理、风俗、历史,乃至民族本身都全然不同,地中海沿岸的加泰罗尼亚地区和北方的巴斯克地区甚至连语言都不一样。在地中海沿岸地区,人们的目光自然是朝向地中海的,也就是越过意大利、法国一直看向近东和中东。在他们看来,内陆贫瘠荒凉的高原地带几乎就相当于是国外。

而且,不仅是相隔遥远的地区,即便是互相接壤的地区,若不翻越千米以上的高山和垭口,几乎也难有往来,彼此之间

---

① 萨尔瓦多·德·马达里亚加(1886—1978),西班牙著名历史学家,著有《西班牙现代史论》《哥伦布评传》等。
② 指莱茵河、马斯河、斯海尔德下游及北海沿岸一带地势低洼的地区,作为历史地理名词的"尼德兰"所包括的地域相当于今天的荷兰、比利时、卢森堡及法国东北一部分地方。

实在是"难以接近"。因此在西班牙,除了去国外移民,国内旅行的概念还是一个比较新的事物,对于一般的西班牙人而言,说那是完善道路和普及汽车之后的事也不为过。

各自拥有不同历史和生活方式的地区被难以接近和难以跨越的崇山峻岭之墙所包围,那么,这个国家保留了浓厚的、独树一帜的中世纪色彩也就是极为自然的事情了。

关于这个充满矛盾的国家,其实我难下任何定论。虽然国内地区相互之间来往不便是事实,但从巴塞罗那到葡萄牙国境的地中海沿岸非但没有半点不便,甚至可以说是畅通无阻,也正因为如此,北非的古代伊比利亚人和来自腓尼基、希腊、罗马、阿拉伯、柏柏尔地区①等地的人才接连不断地涌向了西班牙。

如此,是西班牙语和天主教信仰将相互之间如此不同的地域和人联系在了一起。1492 年,卡斯蒂利亚女王伊莎贝拉与阿拉贡国王费尔南多联手,将摩尔人赶出了伊斯兰王朝最后的堡垒格拉纳达的阿尔罕布拉宫,同时发布阿尔罕布拉诏书,要求犹太人在强制改宗和离开西班牙之间二选一。或许可以说,此时,西班牙这个国家总算形成了,所以它是一个历

---

① 即柏柏尔人生活的非洲西北部地区。

史尚浅的国家。同年,哥伦布获得出海寻找新大陆的许可,这对于其后该国正式成立和它的整个历史都具有决定性的意义。

除了其历史尚浅,我们还有必要记住,西班牙北部的天主教徒作为殖民者闯入伊斯兰教徒和犹太教徒等杂居一处的西班牙南部,使得审判异端的宗教裁判制度成为必然的产物。

白雾从山谷间升起,飘到公路上盘旋着不散,像是粘在了路上一般,气温陡然降了下来。天色阴暗、空气寒冷,似乎马上要下雪了。

我们翻越标高1379米的帕哈雷斯垭口,风景突然又变成另一番景象——草木逐渐稀疏,裸露的山体岩石由之前以石灰岩为主的灰白色变成红褐色,火辣辣的太阳开始投下炽热的光束。这实在是一个极端的国家,只不过是翻越了一个垭口,就有如此大的不同。

当被追赶到因多雾多雨而郁郁葱葱的阿斯图里亚斯地区的基督教徒们翻越这个垭口时,再次目睹宛似卡斯蒂利亚那不毛的红褐色高原般的风景,恐怕自然而然便说出了"再征服、收复失地"①的口号。眼前景物的巨大变化令我深刻理解

---

① 原文为西班牙语 Reconquista,意为"重新征服",指收复失地运动。

了他们当时的心境。

强烈的阳光加上滚滚热气,令汽车的金属部件烫得我不敢触碰。成片的玉米地在阿斯图里亚斯地区也常见,除此之外,这里还有一大片望不到边的向日葵在缓缓地泛着金波,在玉米地和向日葵地之间有一大群羊正在吃草。

就是这些羊,形塑了卡斯蒂利亚-莱昂地区等西班牙的中部高地,因此,大概也可以说它们形塑了整个西班牙,即使有些夸张,但大致也在可以接受的范围内吧。

正如迄今所见到的那样,西班牙天主教徒被逼至绝境后选择北部地区作为南征根据地,但这里山地连绵,生不出任何东西。而且,即使他们从山地向南进攻,到达的中部高原也是贫瘠的不宜耕作之地,因此,以饲养羊为主的畜牧业几乎成为他们唯一可维持生计的行当。农耕需要众多人手,而畜牧业的话,一人便可应付数十或数百只牲畜,草若是被吃光,迁移到有草的地方即可。于是,在该国历史上留下浓重印记的"梅斯塔"制度便应运而生。所谓的梅斯塔,就是类似牧羊人同业公会的合作组织,能加入该组织的仅限权贵,他们同王室勾结,拥有各种各样的特权,其中最大的特权就是羊群通行权——农民不得在农地边上建围栏,因为围栏会阻碍羊群的通行,他们不能反抗。贫瘠的土地上好不容易长出的一点小麦和其他蔬菜,路过的庞大的羊群瞬间就能吃光。而农民们只能像等待狂风暴雨过境般默默忍受,然后,在作物化为泡影的土地上再次播撒种子,或者到附近的小镇或城市乞讨为生,除此之外别无他法。

从这群庞大的羊群身上剪下的美利奴羊毛是王室收入的最大来源,但归根到底只停留在供应原材料的阶段,羊毛产业发展壮大还是很久之后的事情了。走私羊毛会被判处死刑。这些羊毛最大的客户是英国和法国。

换言之,在英国和法国看来,西班牙似乎就是为自己的毛纺织业提供原材料的殖民地。

这个国家历史上战乱不断,以收复失地运动为代表,中世纪和近代充斥着战争。尽管战乱对农业的影响是致命的,但畜牧业经常迁徙,所以只要避开战乱便万事大吉。无论去哪里,羊群皆可堂堂正正地自由穿行。

尽管曾经由罗马人建造、伊斯兰教徒继承并进一步建设完善的灌溉设施遭到破坏,水利技术被抛弃,水渠被埋,但他们认为任何地方只要能让羊喝上一次水就够了,其他与自己无关。

他们的南征、收复失地,实质上就意味着上述这样一个过程。更进一步说,意味着使原本贫瘠的土地更为贫瘠,意味着农业的彻底荒废。同时,另一个致命的后果则是因农业的荒废招致的——人们精神上对劳动的蔑视。

所以,他们的"南征、收复失地"本质上就是殖民主义。前面我说,希望读者注意格拉纳达的阿尔罕布拉宫的投降和哥伦布出航正好发生在同一时期。也就是说,几乎在本国西南部的殖民地化完成的同时,他们便跨越大海,迅猛地迈向了殖民"新世界"的征程。

西班牙真是一个异样的民族。我忘记是谁说过"非洲始于比利牛斯山脉"。欧洲的基督教徒主要是农民,而在西班牙,信仰伊斯兰教的阿拉伯民族既是游牧民族,同时又致力于农业,所以"欧洲的基督教徒等同于农民,阿拉伯的伊斯兰教徒等同于游牧民族"这一说法,至少在当时的西班牙是颠倒过来的。

恐怕他们往下到达西南部,尤其是到达伊斯兰教徒所在的安达卢西亚,见到的正是"新世界"。都市给排水完备,农村灌溉设施发达,人们安居于土地,犹太教徒扮演了负责流通的角色。也就是说,安居于此的伊斯兰教徒熟悉米、棉、砂糖、丝绸、纸、金属工艺品等的生产,而在欧洲各地拥有商业、银行业网点的犹太教徒则让这些产品顺畅流通。

西班牙天主教徒是从北边带着大批羊群而来的游牧民

族,在他们看来,这大概是一番令人瞠目结舌的情景吧。作为统治者,他们不能光顾着震惊,所以他们让伊斯兰教徒和犹太教徒在驱逐出境和改宗当中二选一,从而引发了极大的宗教混乱。宗教裁判所在不久后不得不驱逐那些改宗的"不可靠的新基督教徒",在"不可靠"分子们满大街走的时候,西班牙天主教徒不得不如堂吉诃德般自称"古老得发酸的基督教徒"。但这个国家的天主教在本质上是很年轻的宗教。

随着收复失地运动的进行,被称为"富有的阿拉伯"的西班牙,渐渐地变成了"石头遍野的阿拉伯""沙漠阿拉伯"。

罗马时代的输水道被毁,灌溉设施被埋,曾经的农地上牧羊成群。从卡斯蒂利亚南下而来的贵族获得了大片领地。农业的收成姑且不论,牧羊的情况也堪忧,影响深远的不在地主制度①开始形成。倘若畜牧业不需要人手,从事农业的劳动者就不得不沦为四处流浪的季节工。

他们将中南美洲的殖民地称为"新安达卢西亚",或许便道出了该国历史的本质:大量国民出走,人口开始锐减。

一路凝目注视道路两旁的羊群,我们向莱昂驶去。

---

① 指拥有土地所有权的业主不在土地上居住却可以通过出租农田享有土地收益的制度,是一种经济不公平现象。

可是太热了！气温大概有40度。

中世纪的西班牙就如同战国时代大小名割据的日本。由伊斯兰教徒培养的工匠负责，或是摩尔人亲自出马，他们在罗马时代的遗址之上建造起一个又一个要塞城市，围筑起城墙。各地的"大小名"凭依着这些要塞，进行连横、结盟、背叛、战斗、掠夺，然后再连横、结盟……循环往复。不过，与其他欧洲国家所不同的是，在这里的西南部有一个强大的——不过也是派系争斗不断的——伊斯兰教教徒的领土，这些伊斯兰教徒也通过向天主教徒的"大小名"提供兵器、金钱和技术，加入了连横、结盟、背叛、战斗、掠夺的行列。

有关这一时期的历史传记中，最容易入手、读来也颇为有趣的是普罗斯佩·梅里美所著《卡斯蒂利亚国王佩德罗一世》（日文版翻译为江口清）。读了这本书就不得不为"人是多么不知疲倦地热衷于争战到底"而感到震惊。而且，在贫瘠的广阔高原上，只有靠掠夺才能获取财富，所谓自由，便是拥有偷盗他人之羊的权力，这样的时代持续了相当长的一段时期。

从阿斯图里亚斯地区翻山越岭而来的天主教徒们也是如此。阿斯图里亚斯王国扩展到莱昂，成立了莱昂王国。

（由于阿斯图里亚斯王国是天主教徒在此建立的最初的王国，所以国家一统后的西班牙王室将王储称为阿斯图里亚斯亲王。）

莱昂市也不例外，是一座建在罗马遗址上的城市。莱昂（León）的名称来自罗马军团的英文 Legion，当年罗马的第七军团曾驻扎在这里。继中世纪后持续了约 700 年的"大小名割据的战国时代"，进入十五世纪后，西班牙终于迎来了统一的机遇。莱昂王国被卡斯蒂利亚吞并，几乎在同时，纳瓦拉王国和马略卡王国统一为阿拉贡王国，前者的女王伊莎贝拉同后者的国王费尔南多联姻，终于使这个国家在形式上完成了统一。然而，仅仅是国王和女王结为了夫妻，两个王国仍旧各自为政。

和西班牙所有的城市及村庄一样，在这座城市里也能遇见层见叠出的历史。这里有一座罗马式建筑的代表作品①，它是敬献给当时伊斯兰统治下的塞维利亚的天主教大主教的礼物。他的遗体经伊斯兰统治者的许可，被移葬至这座城市。其时，这里已经是基督教地区了。那是在十一世纪，修建这座建筑的工匠们被称为"莫萨拉贝"，即伊比利亚半岛上与伊斯

---

① 指圣伊西德罗皇家教堂。

兰人混居并从他们那里学习了技术的基督教徒。

所谓的收复失地运动——其实质当然不只是一味地争战——被时间简化为这样一座建筑,随着时光流逝还将被进一步简化。当我站在它面前或伫立其中时,仿佛听到了一切音乐最本源的旋律。面对这长达八百年或一千年的漫长岁月,我根本无法理解其真正的含意,内心因而七上八下、惶惶不安。而一旦厕身眼前的"历史",八百年也好上千年也好,都不再那样遥远了。

建筑若立在那里,它就是"现在"。所谓"历史",就是当下。

这里长眠着阿斯图里亚斯、莱昂、卡斯蒂利亚等王国昔日的国王们。虽然他们是往昔之人,但我却在"历史"的当下。

在罗马式建筑之后兴建的是壮丽的哥特式建筑,莱昂大教堂就是这样一座建筑。我之所以用"壮丽"一词,自然是因其外观,但更是被进入其中后扑面而来、不计其数的彩色玻璃所震撼——简直让人怀疑这到底是不是一座石头建筑。这座哥特式教堂里里外外的玻璃总面积大于石头的总面积。我并非特别喜欢彩色玻璃,但由于照射在上面的阳光的强弱变幻,教堂内俨如演奏着色彩的交响乐。我从不曾如此这般被色彩包围。据回答我问题的圣职者介绍,这里有125扇长方形的窗户、57扇圆形窗户和3个巨大的玫瑰花窗,这些都是用彩色玻璃献给神的赞歌。这令人想起光与色彩交织成的"叠瀑[①]"——这种日语表达我以前未曾使用过。

我想,这些彩色玻璃或许与沙特尔大教堂的属于同一类型,即出自法国的玻璃工匠之手的那一种。不过在我看来,这里由阳光的强弱营造出的壮美比沙特尔大教堂还更胜一筹。沙特尔多阴天,且由于使用了丙烯酸颜料来修复,大教堂看上去渐渐失去了昔日的恬穆。

莱昂大教堂的夜景也着实精美。石头部分全都隐掩在暗夜中,只留下彩色玻璃的七彩亮光。它使基督教冷酷的色彩褪去,让人产生"基督教是光与色彩的童话"这样的错觉。石砌建筑一半以上的面积镶嵌着易碎的玻璃装饰,这几乎让人难以置信。

用"壮丽"这个词来形容这座大教堂十分贴切,其他的任何西洋词汇都无法超越它蕴含的意境,这让我颇感愉悦。

这座建造于十三世纪和十四世纪之间的建筑,在经历了千辛万苦的旅程到达此地的中世纪朝圣者看来,几乎是神迹一般的存在吧。从这儿到圣地亚哥-德孔波斯特拉,只有一步

---

① 指多段的瀑布。

之遥了。

哥特式风格建筑之后便是那座文艺复兴时期修建的修道院①。攫取了伊斯兰所留财富的伊莎贝拉女王和继承了她王位的卡洛斯五世建立了护卫朝圣之路的圣地亚哥骑士团,该骑士团的总部便设于此。对于正面高到需要仰视的文艺复兴风格装饰的细部,我在此不做评述,但对于该修道院如今已成为酒店这件事情,我必须要说一说。这是一家在欧洲也堪称最为出众且高度现代化的酒店,毕竟,它建于十五世纪,附设有教堂和博物馆,改建成酒店后经营至今,也算是独一无二。骑士团长的房间里有一张床罩着缀有十七世纪刺绣的华盖,从房间可以直通位于床边一扇窗子下方约五米处的教堂。房间内的十五世纪石墙上,留下了昔日朝圣者的涂鸦:

STANISLAS OZENKOWSKI. 1585.

他大概是一位波兰人。

骑士团长的房间里有两间卧室和一间会客室,并砌有螺旋形的石梯通往地下壕沟,一按开关,就会从石梯的下方传来

---

① 指的是圣马科斯修道院。

立体声音乐。

酒店的价格与日本相比也很便宜,所以我本想订骑士团长的房间,但美国一家大型证券公司的总经理一行已经入住,我的心愿没能达成。

在莱昂游览的最后一个建筑则是现代的,由安东尼·高迪为本市一位有钱的布商所建。

一说起高迪,立马便会令人想到巴塞罗那那座奇异的圣家堂,由于客户的理解和宽容,使得这位加泰罗尼亚的建筑家几乎能够完全按照自己的想法来尽情发挥。但那只能说是一个非典型案例。即使是建筑家,若没有客户的订单也无活可干,于是妥协便成了家常便饭。为莱昂的布商所建的公寓是一栋几乎成正方形的五层楼建筑,除了四角的尖塔,鲜有体现高迪风格的地方。而且,该建筑还不得不考虑与紧邻的大教堂的协调性。注视着这座整体上趋于保守的建筑,我思考着艺术家与金钱,或说与客户之间那带着铜臭的辩证关系,想着想着,最后甚至觉得连建筑的石头也散发着铜臭味。

然而,谈论高迪,就必须去一趟位于莱昂附近的叫作阿斯托尔加的小镇。而且我想反复强调的是,在考观建筑家高迪的时候,不能只局限于巴塞罗那的圣家堂。

阿斯托尔加位于莱昂市西南方向荒凉的高原地带,距莱昂市有40公里左右，也是一个非常古老的小镇。在罗马时代，小镇的名字叫"阿斯托里卡-奥古斯塔"，后合并为"阿斯托尔加"。回溯历史，据说西哥特人和摩尔人在此地融合，形成了一个叫马拉加托斯的少数民族。这里也是朝圣者们经过的地方，因此教堂非常古老。来此小镇的人，自然会被教堂吸引，但更引人注目的，是紧邻教堂、与周围的建筑和小镇周边独有的田园风光全然不相称的离奇高层建筑。

虽说是主教宫，但任谁看上一眼，大概都会立刻想起《格林童话》，或者《灰姑娘》的故事和故事中的城堡。西方林林总总的精灵故事，或有关王子公主的故事，只是发生在人们想象中的世界中，若要亲眼所见，则必须通过人工把它们创造出来。

我能感受到高迪这位建筑家所拥有的童心，以及无论如何也要将那颗童心中浮现的构思变为现实的热情，和为了使之成为现实而穷尽一切办法的气魄。1887年，阿斯托尔加的主教是一位加泰罗尼亚人。艺术家必须要有客户，同时也要擅长蛊惑人心，或许高迪就是用巧言妙语将这位同乡说服了吧。这座建筑规模庞大，别说是主教，即使说其主人是大主教或枢机主教也不会令人感到奇怪。该建筑从根本上说是仿哥特式的，甚至可以说比哥特更哥特，大大小小的尖塔耸突于墙垣之上，周围甚至模仿中世纪的城堡一般环绕着护城壕，壕上还搭建了吊桥。

但这绝不是玩具也并非模型，而是一幢辉煌的建筑。进入主教宫的内部，底楼仿佛直接将科尔多瓦的大清真寺搬了过来一样，上面是哥特式拱顶，所有的窗玻璃都为马赛克图案，若不强行打开玻璃窗，便全然看不见窗外荒凉的高原风景，外界被隔绝在了主教宫之外。主教宫的每一层都汇集了西班牙建筑中的各种元素——从加泰罗尼亚样式、拘极刚峭的卡斯蒂利亚样式，一直到极具几何装饰性的阿拉伯风格。

两位加泰罗尼亚人在莱昂这个与加泰罗尼亚毫不相干的地方，促膝畅谈彼此梦想的情形清晰地浮现在我的眼前。食堂等处则俨然是为童话中登场的王子而建，堪称荒谬建筑的代表作。

然而不幸的是，1893年主教去世，工程被迫停止，高迪也被解雇了。因为不光是当地人，包括做事严谨的卡斯蒂利亚-莱昂地区的人们也认为，这座建筑作为主教宫未免太不庄重了。

但是又不能因此将建筑推倒，于是当地不得已重新开工，终于在1909年完工。然而之后，来阿斯托尔加赴任的主教们都耻于入住，所以除了守卫，主教宫里空无一人。

直到1960年，终于来了一位有魄力的主教，他宣布主教宫今后将作为收藏中世纪朝圣者遗物的博物馆使用。如今，主教宫依旧很好地发挥着这一功能。

高迪的代表性建筑我大体都看过,此次在西班牙北部逗留期间也去桑坦德市看了他建的名为"高迪幻想屋"的建筑。它既非阿拉伯风格,也非巴洛克、洛可可式或超现实主义风格,称不上是任何风格。我不是很喜欢他的建筑,不如说,假如要我住进他建的房子里的话,我是碍难从命的。但是,他这种超越常识的想象力以及将梦想般的想象付诸实现的才智和策略却让我着迷。荒谬之中有着巨大的实用性——这大概就是某种极致吧。说起来,为高迪在阿斯托尔加实现梦想提供帮助,甚至可以说尽心竭力的主教也是一位相当富有才智之人——他仅凭一个主教的身份,竟筹措到了足以建造一座如此恢宏建筑的资金。

艺术家,尤其是建筑家,光有才华是活不下去的,必须要具备才华加才智。

西班牙多产极端之人。

如今的朝圣者几乎都会乘大巴或驱车飞速经过莱昂,我也并没有特别钟情于这个游人鲜至的地方,它只不过是西班牙北部一个再寻常不过的小镇。

但是,这里同样可以清晰地看到罗马时代、西哥特人时代、伊斯兰时代、收复失地运动等各个时期留下的痕迹,就拿前面讲述的那些建筑来说,也是罗马式、哥特式、文艺复兴式加之高迪的作品中所呈现的现代主义风格重重叠加在一起。然而从另一个角度来看,就会自然而然地产生这样的疑问:除了收复失地运动这一民族运动或这一时期的东西,其他皆为拿来之物,或受外国的样式影响而产生的,这个国家独创的东西又是什么呢?

其实,尽管欧洲被分为若干个国家,但正如"神圣罗马帝国"这一名称所表达的典型一样,欧洲是统一于基督教之下的一个整体,若站在这个立场上来看,就不存在"是不是外国的样式"这种问题了。

问题固然不存在了,但那只是一种泛论,根植于这片土地、受到各个时期特定的历史条件制约、实实在在生活着的人们,是不能靠泛论活下去的。即使文化不可能具有纯粹的独特性,它们都是在与异文化的冲突、挑战、同化、排斥等关系中形成的,但是对于实实在在生活在那里的人而言,还是会留下某种遗憾吧。

"西班牙是一座城堡。""西班牙没有历史……西班牙的历史发展,不是以西班牙的民族发展的形式呈现,而常常是在外部的冲击下被动前行的。西班牙自身的内在发展并不能左右西班牙的历史发展。西班牙史是无数断片构成的连续体。"①
"西班牙没有主心骨。"②等等说法之所以会出现,或许也是因为有前面所述的某种遗憾吧。

而且,历史即便"常常是在外部的冲击下被动前行的",身处这一历史进程中的民众仍须继续每一天的生活,历史便是如此"前行"至今的。民众缺乏这样的意志力是不可想象的,所以无论到哪里,这样的两种历史都赫然在目,对此我饶有兴味。

虽说"西班牙没有历史",但历数西班牙的"一无所有",例如即使受到了文艺复兴的影响,西班牙却没有文艺复兴;西班牙也没有基督教教派之间的宗教战争、没有宗教改革;即使受到了法国革命的影响,也没有发生如法国革命般的大变革。这种"一无所有"本身形成了其历史,似乎也就不言而喻了。

我并不认为只有身在西班牙才会产生这般体会。只要是在有人生产生活的地方,我就不会特别意识到自己身在外国。除非把我扔到寸草不生的荒野,例如沙漠,只有这种时候,我才会感觉自己身在外国,更准确地说,是身在异域。

---

① 语出路易斯·德尔·科拉尔·佩德鲁佐(1911—1998),西班牙哲学家、历史学家。
② 语出何塞·奥特加·伊·加塞特(1883—1955),西班牙哲学家、思想家。

第三章　在安达卢西亚地区

离开格拉纳达,我们沿着马拉加大街笔直向西行驶。

这一带的城镇和村庄,都留下了1492年1月2日格拉纳达开城、最后一位摩尔人国王撤离西班牙,以及卡斯蒂利亚女王伊莎贝拉和阿拉贡国王费尔南多的联军在此最后一战的历史痕迹。

在一个叫圣达菲的小村庄——为了统一整个半岛,如今已纳入格拉纳达市辖下——这与整个半岛意识形态的基督教化进程密不可分,女王和国王在这里设立了格拉纳达围军的大本营。当这个搭满帐篷的村庄发生火灾时,伊莎贝拉女王带出来的东西既非宝石也非华服,而是军事及行政方面的文件。她是一位在西班牙历史上也少见的政治家,这个故事讲述了她作为政治家的才干。火灾过后,臣民中的一位贵族夫人把自己的衣服给女王穿,女王说了句:"这比我的衣服华丽多了。"这个故事也反映出了女王马不停蹄地在西班牙四处奔走时心中想的是什么。

大致查阅一下有关这位女王为攻下欧洲最后的伊斯兰王国所做的战略性准备的历史资料,谁都会发自内心地为之惊叹。她的丈夫阿拉贡国王费尔南多作为战斗部队的指挥官去攻打各地摩尔人的城邑期间,女王也奔赴各地,为筹集军费与各国的银行家交涉,数额不够就抵押自己的珠宝,以作招兵之用。她的战备工作从1484年左右开始,她必须动员西班牙所有的贵族和骑士团。且正如我反复强调的,西班牙是一个险峻的山国,所以她还必须设法说服北方阿斯图里亚斯地区和加利西亚地区那些同山贼一样习惯走山路的骑士出战,为此,女王只能亲自前往那些地方。除此之外,女王还与瑞士的雇佣兵交涉;请她的亲家——英格兰的亨利七世援助了300名弓箭手;从德国、波兰,甚至敌对的法国也借来了士兵……她为了打造最强的炮兵队,从意大利和德国引进了技术人员,从波兰、西西里岛和佛兰德地区进口了火药,甚至从遥远的君士坦丁堡购入弹药。要让这些士兵吃饱饭、给他们支付薪水也是极其困难的事情。这样的行政能力着实令人称奇,不单因为她是一位女性。这位女性,似乎终其一生每日都口述书简、政令到凌晨两三点,然后在上面签下"吾系女王"(Yo la Reina)。

她与丈夫阿拉贡国王费尔南多于1478年在塞维利亚诞下了长男胡安,次年在托莱多诞下次女胡安娜,三女玛丽亚在1482年出生于科尔多瓦,四女凯瑟琳1485年生于埃纳雷斯堡,如此,他们所有的孩子都出生于不同的地方。

国王和女王两人没有固定的都城,甚至连宫殿也没有。哪里有问题,国王或女王便亲自前往,这就是他们的统治方式。他们被烈日炙烤、浑身沾满灰尘,或头顶暴风雪、在泥泞中跋涉,几乎漫无目的地投宿于各地村庄的百姓家或修道院,或许还要经常深入终日不见人影的地方。

关于国王和女王,我在后文中还会提及,但他们无论是打一场规模宏大的战争,还是为子女们安排政治联姻,都是在以整个欧洲为交涉对手的考虑下进行的,不论对方是同盟还是敌对。不光是对于西班牙,在考察欧洲历史的时候,也必须将此纳入考察的范畴。这不仅仅是过去的事情。

围攻格拉纳达一战其实是不战而终,末代伊斯兰国王打开城门,或者说签署了投降条约,然后和平地撤离到北非。条约对留下的伊斯兰教徒也非常宽容。

然而,女王死后,所有的约定都被废弃了,尽管"圣达菲"在西班牙语中的意思是"神圣的信念、信仰"。

圣达菲村附近有一座叫皮诺斯蓬特的小桥。一心梦想着

"发现"新大陆的哥伦布为了求得航海的许可和资助,八年多来一路追随女王,但双方的条件迟迟不能达成一致,在格拉纳达的阿尔罕布拉宫内的最后一次会见也没能谈妥。大投机家哥伦布失望至极,打算去找英国国王或法国国王谈交易,当他离开格拉纳达的时候,在这座桥上,伊莎贝拉女王把他叫了回来,答应了他的条件。

历史好像不承认"假设",但假设哥伦布骑的马跑得快一些的话,除了亚洲,地球上大部分的人现在或许都说英语、成为新教徒了,因为雄心勃勃的英格兰国王一直盘算着称霸海洋。

然而,这些条件、约定在女王死后也都失效了,哥伦布不得不在失意中度过了晚年。

我们沿着马拉加大街向西行驶,照例驶入连绵的群山。被内华达山脉和应该是其支脉的险峻山峰包围的格拉纳达盆地是一片大型常青绿洲,被当地人称为 Vega①。来自北非的摩尔人自不必说,即便是西班牙人,当他们翻越崇山峻岭初次见到这个盆地时,大概也被这片绿洲深深震撼了吧。

---

① 西班牙语中意为肥沃的草原、草地。

我们到达了离格拉纳达约有50公里的洛哈。从洛哈这个称谓的发音便可推测出这是一个源于阿拉伯语的名字,据说是"守护之城"的意思。显然洛哈是格拉纳达的护防要塞。一座座白色的房屋牢牢地箕踞在光秃秃的岩石山丘上,山丘的顶上就是城堡遗址。下一个我们将要前往的城市是安特克拉。

在途中的山坡上,我看见一位推着自行车徒步上来的脸色黝黑的青年。他的头发很长,一开始我以为他是吉卜赛人,结果是一位年轻的日本人。火辣辣的日光炙烤着他,我暗暗祈祷,希望他不会中暑。西班牙不是一个适合骑自行车旅行的国家。他是在挑战"自己的可能性"吗?

我知道如今的日本年轻人中有一种"想到外国去挑战一下自己的可能性"的说法,细细想一想,别国的平凡的人们为了他们平凡的生活而努力着,有人却仅仅为了挑战自己的可能性而闯入其中。这样的思考方式是不是有些失礼呢?我也认识好几位这样的年轻人,他们当中有所探求、有所修学的另当别论,其中更有不少家伙在广场上卖弄兜售水中花①或者那些必是印着富士山或艺妓图案、只有薄薄一层的日式包袱布

---

① 一种日本的人造花,放入水中便会开花。

等等，纯粹只为了旅居而旅居。那不叫青春的特权，而是傲慢。众所周知，移民劳动者若没有就业手册就是违法的，不能因为其他国家的宽容就为所欲为。相反，在像北欧诸国这样苦于劳动力不足的地方，接二连三地自掏腰包前来的日本青年们就是他们求之不得的低廉劳动力。

不知道骑自行车的旅行者今天能否抵达格拉纳达，我们和他道了别，希望他平安无事。

安特克拉——果然就如从其发音便可推测出来的一样，是罗马人所建，也是一座陡峭的岩山上层层叠叠地布满许多白色房屋的城市。山顶上耸立着建在罗马城址之上的摩尔人城堡的遗迹。罗马人还在这里建造了剧场，据相关书籍记载，直到1544年它还几乎保存完好，但之后被用作建造修道院的采石场，如今原迹已经荡然无存了。摩尔人的城堡是被拿破仑的军队毁坏的，他们驻扎过的地方无一不是如此，阿尔罕布拉宫也不例外。他们在撤退之际，无一例外地掠夺、炸毁，然后再扬长而去。

而且，这附近还有不少史前时代的洞穴居的痕迹和石棚之类的东西，人们是在与数千年甚至数万年的时光的流逝做伴。原始人、罗马人、摩尔人、伊斯兰教徒、收复失地运动参与者、拿破仑军队——让人头晕目眩的历史经纬通过实实在在的石头呈现在眼前,加上与在这片土地上过着平凡生活的人们的近距离接触,这里所有的一切仿佛化作某种东西在我心中蓄积,一想到这一点,我便感到不寒而栗。

"历史"不是编年史。所有的东西杂乱无章地蓄积在一起,而从这蓄积中感悟出什么才是关键所在。编排好的叙述只是叙述,但不等同于"历史"。看看安特克拉的居民就明白了——这里的人们都坦然生活在化身为石头的数千年时光之中。编排好的叙述固然是必要的,没有它历史便不完整,但还有更不完整,且无法像石头一样顽强而完好地保存下来、无法用语言述说的东西,这些石头却能将它们娓娓道来。

那些难以用语言述说的东西和人们平凡的当下生活,才是"历史"的真实状态。

出了安特克拉往西北方向行驶,我们走出山地进入安达卢西亚的沃野。

我在这里用了"沃野"这个词。这十多年间我曾四次经过这附近,让我吃惊的是,每次经过这里,绿色都在增加。十几年前初次经过这里的时候,大部分还是荒芜之地,这让我真切地感受到对农业生产漠不关心的大地主(贵族)以及不在地主制度是如何残酷对待土地的。这个制度至今好像仍没有被废止,但通过灌溉和引入抽取地下水的自动喷水系统,这里的绿化面积迅速扩大。以前我去村里的酒吧,看不到大白天喝葡萄酒的人,见到的尽是一脸凶狠的老人。这里的工作只有收获期时的季节劳动,年轻人都去国外或巴塞罗那谋生计了。村里屋顶坍塌的废弃房屋尤为显眼。

如今,年轻人的身影依然很少见,但我感觉开卡车的人们的脸上已不再有往日的凶狠表情。

如果是在约130年或140年以前的1830至1840年代,这里是如下一番情形:从塞维利亚到格拉纳达的路"简直不是路,只有夏季勉强能通马车。我在安达卢西亚最渴望的就是道路。乘四轮带篷马车要行驶6天左右的路程,在英国的话乘火车大概也就6个小时。住宿条件非常糟糕,必须准备干草。这个地方土地肥沃、阳光充沛,但自从摩尔人被赶走以后,西班牙人便弃之不顾。曾经的玉米地被羊群占领,成了狼和盗贼的巢穴,结伴而行的女性游人如果没有一个强壮的护卫,绝不来此冒险。"

写下上面这段文字的是英国旅行家理查德·福特。

了解这个地方的人,即便到了美国广阔的西部地区也丝毫不会再感到吃惊了吧。

不久,我们到达了这个地区的重要聚居地之一——位于山丘上的奥苏纳镇。

奥苏纳是一座古老的市镇，公元前，罗马人的第二军团曾在此驻扎。它被从摩尔人手中夺回是1240年的事情，从那时起它就成了西班牙大贵族之一——奥苏纳公爵的领地，如今这个公爵的家族不仅在安达卢西亚，和阿尔瓦公爵家族一样，在整个西班牙也堪称超级大地主。不要忘记，在这个国家没有发生过法国大革命那样的事件。视野开阔的山丘上有一座不知是第几代奥苏纳公爵建造的教堂和一个收存历代公爵遗骸的令人毛骨悚然的教堂。还有一座为修女建的修道院，我曾经去那里参观过，修道院里充溢的情欲气息令我大吃了一惊。婴儿期耶稣的人偶简直就如这个房间里的修女刚刚生出来的一样栩栩如生。玛利亚像就跟当地有钱人家的女儿一模一样，十根手指都戴上了镶嵌着金银珠宝的戒指，嘴唇涂得绯红。那简直就是一个——恕我再说一次——有着栩栩如生般肉体的女人，她竟然就是修女们信仰的对象，这更加增强了其情欲色彩，以至像我这样的异教徒会忍不住想：这难道不是对同性的偶像产生了欲望吗？关于基督教所隐含的这种情欲色彩，不知道有没有什么记载。

西班牙的大画家戈雅不仅受到了阿尔瓦女公爵的青睐，也得到了奥苏纳公爵家族的极大帮助。从年轻的时候起，戈雅几乎一生都在寻找工作。当时（1978年春）该国的周刊杂志最引人关注的话题是阿尔瓦女公爵，玛丽亚·德尔·罗萨里奥·卡耶塔娜·菲茨-詹姆斯·斯图亚特·席尔瓦·法尔科再次征婚的消息。这位女公爵应该是世界上少有的大富豪，但她拥有多少领地、年收入多少均未公之于众，在这个有着众多贫穷失业者的国家，这些信息恐怕也无法公布吧。

几乎等同于封建领地制的大地主制度与民主主义是如何并世共存又或者势不两立的呢？我曾就这个问题问过一位贵族出身的人，结果他轻描淡写地说，美国的西南部也是大地主制度，和这里的没什么两样，只是这里的地主拥有爵位，仅此而已。

我们沿着原野里一条起伏平缓、蜿蜒绵亘的道路向前行驶，迎面没有遇见任何车辆……

穿过密密麻麻地种植着绿油油的小麦、大麦的原野，我们到达了靠近塞维利亚的一个叫卡莫纳的小城，这是一座建在山丘上的城堡的城镇。我原想称它"城下町"①，但"城下町"这个文气的日语单词配不上这座非常突兀地出现在一片平坦

---

① 日本以城堡为中心发展起来的市镇。

辽阔的原野之中、巍然耸立于巨岩之上、由岩体和石头构成的城镇。

卡莫纳城堡也建在罗马时代的城址上,这里好像出土了大量罗马的古币。在这之前,来自北非迦太基的人们也住在这里,罗马人同他们战斗并征服了他们,此后自不必说,这里成了摩尔人的天下。这座城市的出入口是两座巨大的门,一座被称为塞维利亚之门,一座被称为科尔多瓦之门。前者是一扇三层的森严至极的窄门,全然是阿拉伯风格;后者则使用大理石建造,全然是罗马风格。城堡本身不用说,已经化为废墟,但依旧透出凛凛威势,这气势已经将应该表达的东西充分表达了出来,剩下的就看我们是否拥有一双善于倾听的耳朵了。

正因为塞维利亚是一座面向瓜达尔基维尔河的平原都市,所以山丘上的这座卡莫纳城堡具有重要的战略意义。这座小城在十三世纪从摩尔人的手中落入卡斯蒂利亚王权之手。生活在应该说是无政府状态下的中世纪"战国时代"的男男女女过着怎样的生活,用我们今天的思考方式无论如何也无法断言。如同在阿斯图里亚斯地区险峻的山里建造铺装石板路的罗马人一样让人难以理解。试图对其作似是而非的描述是不行的。

加固卡莫纳城堡，并在塞维利亚建造了宫殿的佩德罗一世虽然是王侯，但他的生活方式和死法在今天却令人难以想象。他被称为"残酷者"，但并非只有他特别残暴。西欧的中世纪是所谓的骑士的时代，在今天，"骑士"和"誓言"几乎成了同义词。但骑士的实际情况毋宁说是周而复始地进行各种肮脏的勾当，充满叛乱、阴谋、复仇、恳求、谋略、胁迫、虚伪、背叛、恬不知耻、挟持人质、背后施冷箭等等。他们不断地重立誓言，让人感觉誓言基本上就是为了背叛而立的。卡莫纳城址由棱磳的石头砌成，且尽是石头，城堡的一部分现在已修复并改为国营古堡酒店。凝望着城址，在古堡酒店里想象曾经被这些裸露的石头包围、在石头和锁子甲的保护下生活的男男女女，他们那充满猜疑与不安，且因此而狰狞的相貌仿佛隐隐约约地在夜晚的石墙上浮现了出来。虽然白天在阳光的直射下室外温度超过四十度，但由石头围起来的室内还是有点凉丝丝的。

　　古堡酒店的墙壁上装饰着钢铁手甲。它当然是铁制铠甲的一部分，但在晨昏中凝视那只铁手的手指，渐渐地，似乎从指尖生出胳膊、肩膀、胸膛，直到整具躯体都宛如亡灵一般浮跃起来。

　　在火炮和足以炸毁城门的地雷变得威力十足之前，这样建在山峰和山丘上的城堡恐怕是难以攻陷的，而城中的人则从这里出征，去掠夺或杀戮。而且，如果火炮和地雷的威力还不足够,攻城就不得不依仗背叛和收买之类的手段。佩德罗之所以得名"残酷者",主要是因为他处死了很多女性,大概是因为女人可以生孩子,所以是最危险的。

正如我在前面提到的,卡莫纳城堡是塞维利亚的"出城"①,而塞维利亚是一座平坦的要塞城市,所以佩德罗在和他的异母兄弟进行最后的决战前,从塞维利亚的宫殿里将一切金银财宝和女童都转移到了卡莫纳城堡里。我们也将话题转移到塞维利亚上吧。

这位叫佩德罗的粗暴男人,作为该国历史另一面的代表人物,之所以引起历史学家及作家的兴趣,不单是因为他兼具中世纪的勇猛、谋略和残酷,还有一个原因,是因为他建造了塞维利亚的王宫。这座阿拉伯风格明显的建筑,是由格拉纳达的摩尔人设计并修建的,也就无须解释它为什么会是阿拉伯风格的了。这位国王本身就被称为"不缠头巾的摩尔人"。当时,这个国家几乎全由异教徒们——信仰伊斯兰教的摩尔人和犹太人——掌管着文化、科学和艺术。既然建造城堡的是摩尔人,那么也只有摩尔人的智慧和技术才可能摧毁这座城堡。此外,这位国王的

---

① 指依托山丘地形建的城,是江户时期的日本军事学家按地形对城所做的分类之一。山城平时不宜居住,但在战争中是重要的防御工事和避难所。

600人规模的近卫队,也来自格拉纳达的摩尔人王国。

这座优雅的阿拉伯风格宫殿(从它身上完全感受不到欧洲的城堡所拥有的那种难以描述的残酷,它能使人感受到人体肌肤的温润所散发出的情欲气息),正面玄关上刻着这样的碑文:"最显赫又最高贵、最强大的征服者,卡斯蒂利亚和莱昂的国王佩德罗,1402年下令建造这座宫殿和正面玄关。"

凝视着这句碑文,能够切身体会到一个男人毫不掩饰的自豪:在这个战乱的时代,既没有空闲也没有余裕建造首都,风尘仆仆地奔赴荒芜寂寥的西班牙全国各地,重复上演着掠夺与杀戮;各地的人们将手置于福音书上互相起誓,誓言却转瞬作废,即使在这样的匆遽时代,至少我建造了一座如此华美的宫殿。

我们的这位佩德罗似乎屡次被责难没有宗教信仰、太缺乏宗教操守。但这种谴责似乎不恰当。他所生活的十四世纪,与信奉天主教的双王——伊莎贝拉女王和费尔南多国王所在的十六世纪时代的状况迥异,并且,他的所作所为与以佩拉约为首的来自北部的初期收复失地者们也不相同——这些人通常采取立刻驱逐异教徒、连根剥夺他们的财产和文化这种可以说是单纯明快的做法。

西欧中世纪屡屡获得"黑暗时代"这类不光彩的称号,然而在这种无政府式的理想状态下,从利害关系来看,其在处理与异教徒之间的关系方面似乎做得相当机智。摩尔人也好,犹太人也好,当他们从征服者那里获得居住自由的时候,他们不是以农奴或奴隶的身份,而是像外国人一样,缴纳比基督教徒稍微高一点的税,便可过着安稳的生活。他们自由地叩拜各自的神,拥有土地,任命自己的行政官员和法官,同基督教徒在同等位置争论是非。

在科尔多瓦的大清真寺,伊斯兰教徒在星期五、基督教徒在星期天来此分别举行各自的祭神活动和礼拜,这种宛如做梦一般的情形竟然可以真实存在。

的确,即使到了中世纪,摩尔人和基督教徒的争斗也仍在持续。然而,在整个半岛的无政府状态下,比起宗教上的狂热,利害得失似乎才是更关键的因素。而且,伊斯兰教徒是勉强寄身于被内华达山脉包围的格拉纳达王国,他们已经失去了使基督教徒改宗的力量。其他残存于各地的伊斯兰教徒也臣服于卡斯蒂利亚的王权,并向后者纳贡。有时也有团伙瞄准战利品,从非洲北岸渡海来胡闹,基督教徒的王侯中有人甚至向北非寻求支援。然而,对当时格拉纳达的诸王而言,格拉纳达的命运似乎早已可以预见。如此一来,自然没有不利用拥有高超技术和擅长交易的异教徒的道理了。

影响通常是相互的,安达卢西亚的摩尔人女性拥有其他的伊斯兰诸国的女性难以想象的自由，卡斯蒂利亚的骑士中娶伊斯兰的贵妇人为妻的也不在少数。另外，已经被基督教徒统治的科尔多瓦和塞维利亚等地的骑士的女儿，进入格拉纳达诸王后宫的情况也并不罕见。因此，这位佩德罗建造塞维利亚王宫殿时也效仿阿拉伯，建造了一如后宫的居室。在卡斯蒂利亚还没有像样的诗歌和文学的时代，在基督教的庇护下修建的学校里已经开始学习拥有杰出文学作品的阿拉伯的语言和文学。无论是以亚里士多德为代表的希腊哲学还是科学，最初都是通过阿拉伯语译本从西班牙传至西欧的。简而言之，这为西欧文艺复兴的出现奠定了基础。

事态发展至此，两种语言便在国境附近并存，经不断传布、渗透，形成了据说有百分之十源自阿拉伯语的现在的西班牙语。

塞维利亚的佩德罗的宫殿里也有摩尔人医生、数学家、占星学家，他们甚至获得了"唐"的称谓，就连犹太放债人也被称作"唐"。① 信奉基督教的国王们像往常一样，一旦发生争执，就争相向格拉纳达王国寻求结盟和援军。局势糟糕的一方，则毫不犹豫地亡命于阿尔罕布拉宫内。此时宗教裁判所虽然已经设

---

① 在西班牙语中，"唐"（don）是对男性表示尊敬时使用的称呼，放在名字之前，而不是姓氏之前。

立,但只要伊斯兰教徒和犹太教徒没有试图强迫基督教徒改宗,宗教裁判所就不会行使其权力,也不会介入世俗事务。

在这样的形势之下,基督教的衰颓已成事实。修道士们大部分都有情妇,他们的私生子的言行举止豪横得犹如特权阶级。凡是没有竞争者和反对者的事物就会退化,可悲的是,这似乎是人性的常态……

我在前文中之所以就基督教、伊斯兰教、犹太教三者共存的状况作了一番冗长的叙述,是因为我一面生活在这个国家一面在寻找这个国家的历史。几乎一遇到什么事情,我就会一而再,再而三地想象那不可能发生的历史假设:假如这三者的共存一直持续下去的话会如何?

伊斯兰教徒们的技术、文化、农耕……犹太教徒们的跨国金融、通商……基督教徒们近乎野蛮的活力……

然而,使这种假设难以实现的,似乎是人性本身之中根深蒂固的某种东西。

当基督教不断堕落、人们不再理解何为基督教的时候,为了净化它,似乎就会走上寻求敌人的道路。

敌人近在眼前。

犹太教徒最大的罪责是:他们是商人,积攒了大量贵重的钱财,如果不向他们借钱,信奉基督教的诸王连仗都打不起。

风俗的差异所挑起的憎恨,似乎是一种远远超越了理性的东西。伊斯兰教徒成天在沐浴、不吃猪肉……

伊莎贝拉女王征服格拉纳达王国后最初下达的命令之一,是禁止犹太教徒公然冲澡或沐浴。

动不动沐浴的家伙,其实是摩尔人……

我调动我贫乏的知识冗长地叙述这三者共存状态的另一原因是:我痛感那样的共存只有在整体的混乱和无政府的状况下才得以实现,这让我不得不生出一种悲哀的感觉。

全国统一、权力集中所带来的安定,只有伴随着对两派异教徒的驱逐才成为可能……

处于这样的无政府状况下,各地方和各城市在行政的层面都试图像小的独立共和国那样各行其政,而在历次国家革命之际,孤立、分离的倾向就会暴露出来,在各个村庄、城镇、都市、特定地区以外的地方出生的人,都成了敌人……

只有在个体相互孤立和敌对的利害关系中,这三种意识形态才能共存,从中我们不能不注意到人性的狭隘。

若真如此,"历史"真是一个令人悲哀的东西。

才三月初,塞维利亚却热得惊人。这已不是热,而是烫。

塞维利亚车满为患,车在市中心无处可停。我们穿过据说是唐璜出生的街道米格尔·马拉尼亚街的狭窄小道,围着主教座堂转了好几圈也没有找到空地。虽然我想再次参观位于这座大教堂中殿一隅的哥伦布之墓,但苦于无处停车只好作罢。这座巨大的哥伦布墓是十九世纪后才被精心修建的,哥伦布的棺器由莱昂和卡斯蒂利亚、纳瓦拉、阿拉贡这四个王国的国王支撑,即寓意由西班牙抬着。从哥伦布的立场来看,他则是被一群得到巨大财富便把当初的约定忘得一干二净的背信弃义之徒抬着的。

我们再次穿过米格尔·马拉尼亚街,离开了塞维利亚。

> 我呼唤了上天,但是,上天没有作答。上天之门,对我关闭着。我的脚将踏向大地,一切责任概由上天担承,与我无关。①
>
> 高桥正武译

我非常喜欢米格尔·马拉尼亚的唐璜·特诺里奥的这句台词。

---

① 引自西班牙诗人、剧作家何塞·莫里利亚-莫拉尔创作的剧本《唐璜·特诺里奥》,日译本1949年由岩波书店出版,1974年改译再版。

第四章　在埃斯特雷马杜拉地区（一）

离开塞维利亚城，我们越过瓜达尔基维尔河上的桥，沿着巴达赫斯街向北行驶。

塞维利亚在今天已成为仅次于马德里、巴塞罗那的西班牙第三大工业城市，对它我没有太多想说的。不过，这座城市诞生了帕切科（委拉斯开兹的老师）和委拉斯开兹、牟利罗、巴尔德斯·莱亚尔等大画家，于是与我产生了某种联系。其中，牟利罗画师画了许多大家熟悉的少女杂志上经常会出现的那种圣母像，少年时代的我很是为之困惑。

在我中学时代寄宿的美国人传教士家的抽屉里，放着许多印有这位画师所画圣母像的明信片，在教会的主日学校帮忙的时候，我就负责把这样的明信片分发给大家。我感到困惑的是"被当成信仰和礼拜对象的女人和当地的美丽少女无甚分别，手里还抱着一个婴儿"这一事实本身。如果是在黑乎乎的佛坛里被蜡烛和高香的烟熏得漆黑的佛像或挂轴上的达摩祖师倒也算了，为什么印的是少女杂志上的插画一样的东西——这一疑问在我的脑海中久久挥之不去。将其作为信仰对象的话，她也太过真实了，较之圣女或圣人，我感觉更像电影女明星的照片。

说到耶稣的母亲玛利亚，英文里有个说法叫 Immaculate Conception，被煞有介事地翻译为"无原罪始胎"，说白了就是无性交怀孕。想方设法让众人信服这种毫无道理、弥天之无稽妄说是基督教创始以来西欧所有艺术家的任务。印刷术发展起来后，这个任务就被移交给专门使用活字印刷术的人，建筑家、画家、雕刻家、音乐家等也终于从这项任务中解放出来，但解放的同时，也陷入了瓦解的境地，这便是现状。总之，西班牙对玛利亚的过度信仰，在所有的外国人（不论是不是异教徒）看来都多少有些异样。如果是发自农耕民族期望丰收的圣母信仰那还说得过去，但这里的人们原本就不喜欢农作。

据相关书籍记载，要进入包括军队在内的一切公职机构、大学或是职业行会，似乎必须发誓信还是不信"无原罪始胎"。这真是令人吃惊的事情。然而，像圣母玛利亚教这样的信仰最终在这个国家正式形成，是十七世纪以后的事情了，这个国家的基督教仍然是一个年轻的宗教。以这个年轻的宗教和活灵活现得宛如真人的玛利亚为线索,应该能找到进入这个国家精神的更深层次的方法。

此外,几乎独揽安达卢西亚地区大权的塞维利亚三大家族——梅迪纳塞利家族、梅迪纳·西多尼亚家族、阿尔瓦家族都是公爵家族。我曾经到处寻找其中的阿尔瓦公爵家族的别邸,最后好不容易找到的那幢摩尔风格的宏伟公馆却已荒废,让我大感震惊。荒废公馆走廊上的书箱里,随意地扔着初版的《堂吉诃德》、孟德斯鸠的《论法的精神》,以及同样是初版的蒙田的《随笔集》,这使我受到了某种冲击。这个国家发生过形形色色的革命,但没有"革命"一说。

我们渡过瓜达尔基维尔河。

每当站在这条如今因为到处建了水坝而水量减少的河的岸边,我就会想起天正[①]时代的日本少年们和庆长[②]的支仓使节[③]。支仓常长从日本千里迢迢地经由墨西哥跨越大西洋,再从该河河口的桑卢卡尔渔村逆流而上,终于在塞维利亚第一

[①] 日本正亲町天皇、后阳成天皇时代的年号(1573年7月—1592年12月)。
[②] 日本后阳成天皇、后水尾天皇时代的年号(1596年10月—1615年7月)。
[③] 指支仓常长,日本江户初期的仙台藩士。庆长十八年(1613年),作为藩主伊达政宗的遣欧使节赴西班牙、罗马,试图缔结通商条约,未果。元和六年(1620年)回国。

次登陆欧洲大地。想必那个时候,沿这条河而建的托雷·德·奥罗塔(黄金塔)上敷披的金箔,正在安达卢西亚的阳光的照耀下熠熠闪烁着灿然金光吧。他从这里出发,经由陆路到达马德里、巴塞罗那,再经由海路前往罗马。

说到天正十年,即1582年,正是本能寺之变发生的那一年。虽说大友、大村、有马等诸侯已经成为基督教徒,但他们大抵是,更准确地说完全是为了政治、经济上的利益才成为基督教徒的。在那之前的一年,信长接见耶稣会巡查使范礼安时,这位极富谋略的传教士带去了一位黑人奴隶以引起信长的注意。当时就是那样的一个世道。

前述的三位诸侯虽说也在范礼安的请求下派遣了少年使节,但对当时的少年们而言,恐怕是在对事态的来龙去脉完全摸不着头脑的情况下被迫登上船的。应该说这是一种怜悯,还是残忍呢?并且,当时的天主教没有什么教义上的发展,被后兴起的新教徒一方指责腐败至极——他们专注于物质上的东西,即用金银财宝装饰教堂。对于那些少年,我想他们除了震惊于天主教教会的财富之外,在精神上大概鲜有收获吧。

少年们千里迢迢、经历重重危险渡海而来,在里斯本登陆,然后由西向东横跨接下来我们即将前往的埃斯特雷马杜拉的荒凉大地。他们彼时的心境,当然任谁都无法想象,但却万分使人怜悯。

为何要派遣这些少年使节呢？

那个时候的传教活动是根据葡萄牙或西班牙国王的所谓保教权制度、在两国国王的支持下进行的，罗马教皇只提供精神上的支援和偶尔通过布施的方式进行的经济援助。虽说是两国国王，但他们每年支付的金额有限，超过的费用必须通过贸易来补充。圣职者做贸易这件事情，使他们和本来就贪得无厌的日本诸侯的关系变得更加复杂，而且，在很多时候传教和贸易都难以做到兼顾。

于是，传教士希望罗马教皇每年定期提供一定布施的要求便出现了。曾任耶稣会巡查使的范礼安如是写道："关于物质上的补给，我十分明白教皇所做乃天之赐予。而且此次教皇已得到消息，即将迎来少年们，我期待教皇能因此将布施永久化（着重号为笔者所加），并增加一定的数额。"（《天主教时代的研究》，高濑弘一郎著）

不客气地说，这就是在向教皇示威。

这和其他人——例如墨西哥的征服者埃尔南·科尔特斯向教皇敬献了金银珠宝和两位印第安杂技演员——的做法是多么的大相径庭啊。何况一方带着金银财宝进贡，一方是来乞求布施。

第四章　在埃斯特雷马杜拉地区（一）

少年们大概在第一个登陆地里斯本应该受到了盛大的欢迎，并被披上了华丽的服装吧。他们的帽子上也许装饰着产自美国的珍奇鸟类的羽毛，胸口的纽扣由彩色玻璃球制成……

穿着华丽服装的几位日本少年或许骑在驴背上，被几位、十几位，甚或数十位随从跟随着，顶着火辣辣的太阳从埃斯特雷马杜拉地区无精打采、步履蹒跚地前往卡斯蒂利亚那石头遍野的贫瘠高原——在脑海中描绘这番光景并非一件愉快的事情。这些少年们——或许他们在漫长的航行中已经把语言操练得流利自如了，然而虽说还是少年，在当时的条件下，除了腌制沙丁鱼和带骨羊肉外，几乎没什么吃的东西，并且不得不多次露宿野外。在一片只有星星一个劲儿地闪烁着蓝色光芒的夜空下，他们悟出了什么呢？

少年使节——名字倒是不错。

当他们在1590年回国时，天主教在日本已经被禁止信奉了，他们中有的被处以死刑，有的被迫改宗。

临死之际，那在今天看来令人难以想象的充满艰辛的大航海往返之路、波澜壮阔的旅行，里斯本、塞维利亚和罗马的荣华，对他们而言都成了一切荒唐的梦。他们不得已而度过了荒谬的一生！"历史"似乎从不缺少悲哀。

我们离开这条曾经屡次泛滥、令人头疼的河流行驶了不到十公里,进入一个叫圣地庞塞的村子。如今,圣地庞塞村已成为塞维利亚的卫星居住区,从前的遗存只剩下间或举办一次的马市。而每次马市,不知是从哪里冒出来的吉卜赛人总会来进行牛马交易。在村庄的尽头,还静静地躺着一个曾经被称作伊塔利卡的罗马遗址。据说伊塔利卡是三位罗马皇帝——图拉真、哈德良、狄奥多西一世出生的地方。据说,罗马的大诗人西利乌斯·伊塔利库斯也出生于此地。他们从这个国家走出去,最后都成了不起的人物。这里还有一个罗马圆形剧场的遗迹,但它的石料大部分被搬去加固瓜达尔基维尔河,往日的威仪已不复存在。无论是接替了罗马人的西哥特人,还是后来的伊斯兰教徒,似乎都很尊重前人留下来的文明的遗址。但是,由于瓜达尔基维尔河改变了流向,这里被水淹没,于是人们转移到了如今的塞维利亚。即使这样,保存相当完好的镶嵌着马赛克的石板街道和市内大路似乎也一直保留到了十八世纪,然而最终被拿破仑的军队毁得面目全非,如今只剩下用收集起来的碎片拼命修复的断壁残垣。另外还有罗马输水道的遗迹,但如今几乎完全被掩埋了。

建造、维护、破坏……

建造、维护、最终破坏……将被破坏的东西再修复、维护、保存……

我有时候会想,人类所做的事情不外乎这些。

河水泛滥令人头痛不已的时候,管他是罗马的遗迹还是什么,哪里有石头就从哪里搬去加固堤坝。这也是无可奈何的事情。

野草郁郁葱葱,红色的小花绽放。

可西班牙路边的野草大多带刺,不能随意用手触碰。它们必须要用仅有的一点水分来度过一年中的大多数时间。野草也将自己武装了起来。

道路还是一如既往地盘旋于山间。

这里的山不那么险峻,只要不是光秃秃的岩山,山上或小丘上间隔一定的距离都精心地栽种着橄榄树。我非常喜欢这些橄榄树。它们就像西班牙人,或者说像这个国家的历史本身,树干不高但弯弯曲曲,因长满树疙瘩而凹凸不平,手感也粗糙不细腻,似乎还没有哪位画家栩栩如生地描绘过它银绿色的柳叶般的细小叶片。虽然种植橄榄的地方决不会下雪,但每当我见到这些树的时候,总会想起一个日语词——风雪。这些树也必须靠仅有的一点水分存活,树龄百年、数百年的橄榄树随处可见。听说马略卡岛上有一棵两千年树龄的橄榄树,它是通过扦插栽培的,从第十三年开始结果。

银绿色的树叶随风摇曳,美不胜收。

不久,山势渐险,出现了由一棵棵针形长叶的松树形成的松树林,开始晓示这里的土地越来越贫瘠了。随着山谷起起伏伏,稍微呈现出高原的地貌特征后,又出现了橄榄树。流淌着清澈细流的小溪滋养出一片绿洲,牛群在那里悠哉游哉地漫步,这在西班牙的比利牛斯山脉和阿斯图里亚斯山地之外极其少见。那些牛并非肉牛或奶牛,而是头上顶着锐利犄角用于斗牛的公牛。

我打从一开始就对斗牛没有好感,所以不打算触及这方面的内容,但关于这种斗牛用公牛在山中食草时,忽然抬起头来所展示出的英姿和高贵这一点,尽管只有一句话,我想还是必须要说。

那就是——我完全无法理解这一切。

松树和橄榄树交替出现,栗子树和山毛榉也开始掺杂其间。我们接着又翻越了一座山,树木的生态忽然发生变化,一种比橄榄树更高、拥有粗壮树干、刚被涂上了异样的橙色漆的树,开始夹杂在叶子呈枯叶色的同种树中出现。这种树的树干和枝干虬曲,粗壮挺拔,它们向着天空,仿佛在抗议着什么。

那是栓皮栎,才涂上了漆的部位刚被剥掉了树皮。

栓皮栎消失后,栎树取而代之,树荫下出现了一头猪,像野猪般面目狰狞。我想,哦,原来这就是埃斯特雷马杜拉地区有名的猪,不过一路上只看见这一头。

我们从山上下来,驶向埃斯特雷马杜拉的平原。树木杳无踪影。

我们行驶了整整一个小时,也不见一个人影。

如果把看不见人影比作空白,那这里就是一个绝对空白的、平缓的山丘形状的广袤荒原。天空万里无云,这里的支配者是宛如黄铜或某种金属般的太阳。明明才三月初,温度恐怕已达到了30度或35度。停下车,空气里没有一丝微风,身上也没有一滴汗水,因为这里极其干燥。从湛蓝的天空划过的飞机也只留下短短一截航迹云,那道航迹云很快就消散不见了。这里大概连天空的尽头也是干燥的。一只鸟都没有。

与其说是热,不如说是烫,而夜里却寒气袭人。

远处升起燃烧田中玉米枯秸的白烟,烟几乎笔直地往上蹿。此处我用了"田"这个词,但这不是日语里说的那种田,而是在视线所及的范围内,种满了大片大片玉米的平原。虽然我没去过美国的得克萨斯州,但据我在电影里所见,即便现在突然将我放到得克萨斯州,我想我也丝毫不会感到异样。

即使田里在烧垦,即使荒原上有拖拉机驶过的碾痕,这里却看不见一个人影。柏油马路渐渐变得坑坑洼洼,对面既无车辆驶来,后面也无车辆跟上来。

甚至几乎让人忘记了这片土地上也是有树木的。

如此广袤的荒原……

我曾经从中亚的塔什干乘车去过撒马尔罕,我一开始打盹儿,司机就向我抗议,说你睡着了我也会犯困,所以请不要睡……

渐渐地能看到灰色的岩石,让人不由自主地想,石板岩应该快出现了。接着,地面的颜色渐渐变为铁锈色带红褐色。带这种颜色,但既不像是岩石也不像是泥土块的东西到处可见。终于,视界中出现了葡萄田。葡萄田出现的话,城镇或村庄就不远了。

大概是一周之前,又或者一个月、两个月、三个月以前,不知何时的降雨带来的水流痕迹蜿蜒于缓缓起伏的山丘及平原各处。

然而,区区一点水分,在这里大概也无处可去,最终不得不蒸发。

在一条干涸的河川附近,屯集着几间土坯小屋,其中一间的门口有"咖啡-酒吧"字样的标识，并挂着防蝇珠帘，但一个人也没有。人都去哪里了呢？

在距离汽车道稍远的地方，有一条零零落落的石板铺就的小路，它前方干涸的河川上架有一座小石桥，这无疑也是罗马时代遗留下来的东西。恺撒·奥古斯都将这一地区赠予了罗马军团的退役军人。两千年……

路标上开始频繁地出现"巴达霍斯-葡萄牙""巴达霍斯-葡萄牙"。

我不去巴达霍斯。我不想去。

巴达霍斯是一座西班牙和葡萄牙的国境线边上的城市。

国境之城——这么一说，听上去或许感觉还不错，但它的历史实在是惨不忍睹。首先是被追赶着逃往葡萄牙的人们破坏这座城市、大肆掠夺；追赶者为了防止居民加入这群被追赶者的军队而将他们杀害，越过国境线入侵的人也做了同样的事情。近代，在抵抗拿破仑军队的独立战争中，威灵顿的军队三番两次地离开又侵入这座城市。英国旅行家和历史学家总强调拿破仑军队的野蛮和暴虐，但在掠夺和滥杀方面，双方并无二致。在伊莎贝拉和费尔南多"双王"统治下，西班牙可以说是立即陷入了无政府状态，而无论是英军还是法军，对苛政所导致的国土荒废之后的该国的居民,都抱有轻蔑的心态。英军称该国居民为"半岛人",而法军则抱有一种"这里不属于欧洲"的成见。

并且,就在四十年前的内战时期,佛朗哥将军指挥下的一万零五百人规模的非洲摩尔人殖民地部队乘坐德国的飞机越过地中海被运送至塞维利亚,然后沿着葡萄牙的国境北上,在巴达霍斯市干下了无法用语言形容的暴行。曾经伊莎贝拉和费尔南多"双王"赶走摩尔人实现了失地的收复和统一,而佛朗哥反而率领摩尔人部队从非洲攻入西班牙。他们在这座城市对市民进行了几近无差别的屠杀,据说有两百甚至两千多人被集中在斗牛场一起杀害。此处我用了"几近无差别"这个表述,是因为在男性市民中,凡上衣或衬衫的右肩有磨损,或沾上了油的人,都被视为扛过枪而被杀害了。摩尔人部队除了在战场上杀掠,还有着从尸体上割掉生殖器的仪式。

这实在是无以言表。

拿破仑军队入侵西班牙、占领马德里的时候,主力军也是埃及骑兵。马德里市民奋起反抗的场面被戈雅的画作《1808年5月2日的起义》记录了下来,据说看到这幅画的大多数西班牙人,都会战栗着想起佛朗哥率领的摩尔人部队的暴虐。

对于支持佛朗哥政权的人而言,将军率领非洲摩尔人部队前来与西班牙人作战这件事情,似乎也成为难以消散的噩梦留在他们的心中。我不想看巴达霍斯的斗牛场。它离市中心不太远,作为刑场似乎正合适。

噩梦一般的斗牛场后来被拆除,现在移到了市郊,正在重建,也是因为人们无法忍受它的血迹斑斑吧。

此外,这座城市也是25岁就成为西班牙首相的曼努埃尔·德·戈多伊的故乡。这位首相深受国王卡洛斯四世和淫荡的王妃玛丽亚·路易莎的宠爱——尤其是后者。这位好色又精力绝伦的男人也关照过画家戈雅,多亏了他,我们才有了《裸体的玛哈》和《着衣的玛哈》这两幅名画,但他的出生地并没有留下什么。

葡萄牙大街向左转就是巴达霍斯,但我们拐向了相反的右边,经一条支线快道绕过罗马时代的古都梅里达,沿着路况精良的马德里大道驶向东北方向。

首都马德里原本不过是卡斯蒂利亚的一个偏僻萧条的村庄。这个村庄因为位于该国地理位置的中心,而且在它树木茂密的森林里有许多王侯喜好的猎物(野猪、鹿和山鹑等),所以在十六世纪后被来自维也纳的哈布斯堡家族的王族划定为城市。这儿简直就像行政蛛网的中枢,通往这里的道路都修得平整宽阔,进而更加营造出这样一种意识,即所有权力都向这座首都集中。而在西班牙人的潜意识中,则认为这些道路犹如水泵管道一样,在不断吞噬他们的努力以及劳动成果。

我们绕过梅里达,行驶了大约25公里再次向右拐,驶入坑坑洼洼的乡村公路。

沿途低矮的岩山十分醒目,一路上依然辽阔空旷,但绿色变得越来越浓。原本埃斯特雷马杜拉地区的北边有杜罗河,中部有塔霍河,南边有瓜地亚纳河,是一个适合农耕的富饶之地。因此,罗马时代的退役军人曾到这里殖民,尽管他们拥有一些奴隶劳动者,但如果没有肥沃的土壤,就算是他们,应该也没有余裕能在今天我们去过的那个小村庄建造出令人惊叹的圆形剧场。罗马输水道的遗迹也随处可见,架在河上的石桥如今仍在使用。

我们正在前往的村庄麦德林,恐怕诸位读者没有听说过。这个人口仅有2700人左右的村庄,既有坐落于山丘上的城堡遗迹,也有剧院的遗址和架在瓜迪亚纳河上的石桥。但原本的石桥在坚挺了大约1600年后,十七世纪河水泛滥将它毁坏了,如今的石桥是之后重建的。

那么,如此富饶的土地为何会任由它荒废了呢?谁都会忍不住发出这样的疑问。虽说罗马人之后占领这里的北方蛮族不太从事生产，但后来的阿拉伯人、穆斯林仍沿用了罗马人留下的设施，尽心尽力地致力于农耕和畜牧。然而到了十三世纪，由于随着收复失地运动从北方蜂拥而至的基督教徒掠夺、摧烧和对摩尔人的奴役，城市很快便被摧毁了。比起继承文化文明，毁坏它要来得容易得多。狂风暴雨般袭来的基督教徒们为了掠夺更多的物资，迅速南下往安达卢西亚地区而去，这里的大片土地最终荒废，只留下广漠荒芜的无人旷野。"历史"诚然有阶梯式向前发展的时候，但也有逆转、倒退的时候。

如此一来，填补空白的，便是莱昂、塞戈维亚等地的强势贵族和修道院拥有的数量庞大的羊群，少量勉强有百姓辛勤耕作的土地，最终也落得个毁于这些温顺的羊的食欲和蹄子的下场。何况它们带来的是美利奴羊毛。那时的西班牙人比阿拉伯人更像贝都因人式的漂泊牧羊者，他们是在广袤无垠的荒野上漂泊的孤独者，有人说比起人类的语言他们更懂羊的语言。据说漂泊者甚至没有一个家。

将农业拒之门外的荒野逐渐扩大，自然而然便招致了一次又一次的大饥荒，加之和法国一直处于战争状态，麦德林甚至不得不从波罗的海沿岸进口小麦。

不过，我来麦德林村并不是为了参观罗马的遗址，也不是想从佩德罗·卡尔德隆剧作《人生如梦》中寻找什么答案。恩里克四世有一个不体面的绰号叫"无能者"，他的女儿被卷入卡斯蒂利亚和葡萄牙的纷争中，后被幽禁于这个村庄的城堡，《人生如梦》便是卡尔德隆从这一事件中获得灵感写就的。

有一个在这个村庄出生长大的养猪户的儿子，像从北非闯入这个国家的柏柏尔人一般，带领一小群暴徒在时称新西班牙①的墨西哥烧杀劫掠，极尽暴虐之能事。我只是想踏访他出生的地方。

踏访，即亲身站在那里，除此之外，任何人想要直接介入"历史"，都是力所不能的。但是，对于"仅此一途别无他法"这一点，我倒也不觉得无奈。

麦德林村是一个位于瓜迪亚纳河沿岸山丘上的凄寂村庄。在它上方是一座孤零零呆立的废弃古城，村子里密密地挨排着同样呆立着的白色房屋，任凭风吹日晒。狭窄的小巷里也没有铺石板。夏天恐怕温度，不，是热度会高得可怕。风一吹，掀起的灰尘会让人连眼睛也睁不开吧。就一个小村庄

---

① 曾经的西班牙帝国最主要的组成部分，其范围横跨北美洲和亚洲，包括今墨西哥、中美洲（巴拿马除外）、美国加利福尼亚州、内华达州、犹他州、科罗拉多州、亚利桑那州、新墨西哥州、得克萨斯州以及亚洲的菲律宾。

来说极不协调的土坯大教堂眼看就要坍塌了——废弃的古城同样如此,总算屋顶还勉强撑着架在四壁之上。敲了敲宽大的入口的门,无人应接。如果没有那唯一的因素,大概没人会探访这个偏离主干道的村庄。那唯一的因素便是"新西班牙的征服者"原型、墨西哥的征服者、彻底毁灭了阿兹特克帝国及其文明的埃尔南·科尔特斯,他出生于这个村庄。也许对于在这个村庄出生长大的人而言,他们一切的生活都取决于盘踞在山丘上城堡里的贵族的命令和反复无常的脾气吧。此外,还取决于火辣辣的太阳和汹涌的河流。

广场的土地裸露着,并没有铺设石板,角角落落里野草丛生,四周环立着粗糙破陋的白墙红瓦的房屋。广场上立有一尊丑陋的铜像。这个国家虽然出了好几位伟大的画家,但雕像都很蹩脚。

青铜的科尔特斯雕像身穿铠甲头戴头盔,右腿收紧站直,左脚向前抬起,踩在一如日本的土俑、有着超大眼窝的阿兹特克国王蒙特祖马的头上。他的臀部不自然地向上抬起,看上去仿佛就要摔倒似的。他的右手握着象征征服者的手杖,左手揽着一面巨大的旗子,脸上长满胡须,一把又大又长的剑垂于两条腿后,死在这把剑下的印第安人应该不下千人。雕像基座上镶嵌着写有"MEJICO""TABASCO""OTUMBA"

"TLASCALA"的四块铭牌以及刀剑长矛的纹样。除了开头的"MEJICO",即墨西哥以外,其他的地名是哪里我不得而知,我也不想知道。与以往的冒险家和征服者主要采取与掠夺无异的物物交换策略不同,科尔特斯第一次招募同乡人一起去殖民地后,又陆续招募了诸多同乡人,所以这些地名或许是追随科尔特斯离开村庄的那些人殖民过的地方。

我到广场正面的村公所询问科尔特斯故居的地址,结果他们说没有什么故居,但其原址上有一块碑。那块碑就在广场铜像的右前方,上面写着"此地原为出生于1484年的埃尔南·科尔特斯之家",并刻有非常夸张的纹章。

仅此而已。

即便去寻找任何或许是用他带来的金银财宝等巨大财富建造的东西,也只会无功而返。医院、学校、工厂、大教堂……

什么也没有。

而且,村民们算得上是这个村庄的唯一财富,他们凭着精力和才智,怀揣着无论好坏都要闯出一点名堂的抱负离开村庄,却也没有为故乡的村庄带回任何东西。总算开始带回从被"发现"的新大陆及其周边的岛屿攫取得来的财富是在1520年左右,在直到1570年的约半个世纪的短暂时间里,史无前例的大量黄金白银被运输至这个村庄,然而,却完全找不着用这些财富造出的任何东西,这在整个人类历史上或许也绝无仅有,就连罗马人殖民者也……即便这么说也无济于事。用任何秤都称不完的黄金白银一船又一船地从墨西哥和秘鲁运送进来,它们确实曾存在于该国一段时间,但没有搭造出任何东西……

我在这里既没有用"制造",也没有用"建造",而只用了"搭造"这个词,是因为我无论如何也无法理解它低下的利用率。

不过关于这一点,我还是要说明一下——由于在此叙述不合时宜,请允许我简要述之——总之事实令人震惊。

黄金白银越过该国人民的头顶,以蜂拥之势流向了德国、意大利和低地国家。这一令人震惊的事实不仅反复出现于埃斯特雷马杜拉,西班牙整个国家其实也如此。它发生在近代的黎明,工业化形成是时代的主题,这对西班牙而言实在是致命的打击。

麦德林村的广场上一片荒废景象,风一吹,飞扬的红尘便扑上科尔特斯的铜像。站在这个广场上,我的内心像头顶上万里无云的虚无的蓝天一样,想说点什么却又顿口无语。

在这里,历史只是一尊铜像,目之所及皆为无。原来"无"也是历史的属性之一啊。

村民们估计是全体出动了,为给广场的一角铺路而麻利地劳动着。这画面仿佛在说,外来者应该快点离开。

因此——这么说或许有些奇怪——许多人为了冒险和财富选择了离开,不仅埃斯特雷马杜拉,整个西班牙都在"发现"和掠夺新大陆后,变得比以前更加贫困。

对我而言,麦德林村是整个欧洲地区中最让我难以理解的地方。

而且,史书对离开村庄的家伙们所干的事情的记录,实在令人感到可怕。

有关他们做了什么、如何做的,多米尼克修道会修士巴托洛梅·德拉斯·卡萨斯神父于1542年末所著《西印度毁灭述略》(染田秀藤译,岩波文库)中有简洁详细的记述。尽管我不打算长篇引用,但由于在我国不常读到这样的经典,它将人性中最根本的卑劣和兽性,以及在反抗和迎战贪欲和暴虐时的高贵这两个极端如此生动地描述了出来,因此我想在此对原书几页稍做引用:

> 为了执行这个计划,西班牙人首先命令乔卢拉最有权力的领主,及住在该城及该城所有村庄的领主和贵族全部到场。他们来到西班牙人司令官(埃尔南·科尔特

斯,1485—1547)的驻地,开始了谈判。然后,西班牙人立即在谁也没有察觉且不知情的情况下将他们逮捕,并令他们派五六千印第安人来当搬运工。不久,印第安人应召前来,他们一到,西班牙人就把他们全部关进了司令官邸的庭院里。倘若看到这些来搬运西班牙人的沉重货物的印第安人的样子,谁都会对印第安人怀有深深的同情和怜悯,因为他们只用一块兽皮遮羞,几乎赤身裸体,肩上挂着一个只装了一点食物的网兜就来了,然后像乖顺的羔羊一样一动不动地蹲在一边。当时在场的印第安人全都被召集起来关进了庭院里。负责监视的西班牙人全副武装站在庭院的门口,另一边,其余的西班牙人则各自手持利剑袭向羔羊们,把利剑和长矛刺进了他们的身体,没有一个印第安人从这场屠杀中逃脱。

两三天后,许多藏在堆积如山的死尸下勉强存活下来的印第安人鲜血淋漓地从里面爬了出来。他们来到西班牙人面前,流着泪向西班牙人乞求慈悲,请他们勿再杀人。但西班牙人对他们没有一丁点儿的慈悲心和同情心,印第安人一来,便将他们剁成碎块,而且,还把一百多名领主绑了起来。司令官命令部下将他们拉去用火刑,然后从烈火中把他们活活地拽出,再吊在打进地里的柱子上。但是，据称是当地最有权力的一位领主挣脱绳索从那里脱逃，带领二三十名，也可能有四十名部下固守在附近的大神庙。印第安人称神庙为"库"，神庙像要塞一样坚固，他们在那里支撑了整整一天。然而，手无寸铁的印第安人终究不是西班牙人的对手。最终，西班牙人把神庙付之一炬，火攻印第安人。印第安人声嘶力竭地叫道："你们这群歹毒之徒！我们究竟做错了什么？为什么要杀害我们？你们有本事到墨西哥去。在那里，君主蒙特祖马国王（蒙特祖马二世，1466—1520，阿兹特克国王）会替我们报仇。"据说当西班牙人用利剑将庭院里的五六千印第安人刺死的时候，司令官口中念念有词道："尼禄从塔尔匹亚山丘上眺望被火焰包围的罗马。老人孩子皆苦苦求救，又哭又叫，而尼禄却没有表现出一丝同情。"

西班牙人在规模远大于乔卢拉，且人口众多的特佩阿卡城也实施了同样的屠杀。他们在那里极尽胡为残虐之能事，杀害了无数印第安人。

他们从乔卢拉向墨西哥进发。伟大的国王蒙特祖马为了表示欢迎，赠给他们大量礼品，派遣了领主和部下，并且在一路上举办了多种多样的庆典活动和宴会。国王派亲弟弟前往离墨西哥城约十公里的湖堤大道入口相迎。这位弟弟带领众多显赫的领主,携金银华服等诸多礼物前去迎接。蒙特祖马国王则乘上金辇,率领众多朝臣亲自在城门口等待基督教徒们的到来。国王一直跟随着基督教徒们,直到他们到达备好的宫殿住处。

据当时在场的数人跟我说,当天,西班牙人蒙骗了没有任何戒心的伟大国王蒙特祖马,将其逮捕,并派了八十位部下严加看守,之后,又给君王戴上了脚镣。

这以后,为了宽慰被囚禁的国王,印第安人们"穿着盛装,将各式珠宝一个不留地戴在身上,举行了祭典,试图以此为国王解忧。"科尔特斯的部下们挥起白刃突然冲进如火如荼的祭典中,将印第安人尽数残杀。

不仅如此,西班牙人之间还围绕财宝的归属展开了内斗。

这样的暴行不仅发生在当时被称作"新西班牙"的墨西哥,在其他被"发现"、被"征服"的所有岛屿和大陆都无一例外。

德拉斯·卡萨斯神父的《述略》里简直充斥着残忍、惨无人道、丧心病狂、屠杀、火刑、破坏、掠夺、罪行、残虐、凶暴、严酷、拷问、被奴役、奴隶的烙印、抢夺、强奸、凌辱、分配、荒芜、灭绝、凶恶的狼狗、饿死、如同家畜、发狂的禽兽、前所未闻、人类最大的敌人、十恶不赦的暴徒、另一个冷酷无情的暴徒等词汇,没有比它读起来更令人痛心的经典作品了。

"就这样,西班牙人继续进行着他们所谓的征服。征服实乃残忍的暴徒发起的武力侵略,它不仅背离了神法,也背离了所有人定之法,它与土耳其人破坏基督教堂的行为别无二致,甚至更为恶劣。"德拉斯·卡萨斯神父如此给西班牙人断罪。在《述略》的结尾处他写道:"皇帝陛下、西班牙国王、我们的君主卡洛斯五世陛下如今既然已经获悉(这么说是因为在此之前事实真相在国王陛下的面前被巧妙地隐瞒了),现在西班牙人仍和往常一样违背神和陛下的旨意,在印第安人的领土上烧杀抢掠、无恶不作,我相信他定能将诸恶斩草除根,拯救新世界。因为陛下钟爱正义、受人敬重,于是神把新世界赐予了他。万能的神啊,为了罗马教会,也为了陛下的灵魂最终能得到拯救,请赐予陛下荣光闪熠的幸福生活,赐予帝国万古昌荣。阿门!"

德拉斯·卡萨斯神父的祈祷奏效了吗?

在这位抗议者的出生地——索里亚市郊外的德拉斯·卡萨斯村丝毫不见他的痕迹。

以前我去古巴的时候,想去见一见泉靖一氏笔下"与亚洲大陆关系密切的"印第安人,于是表明了这一愿望,结果得知他们只剩下30人(!)①左右,但是受到了革命政府厚待,为此我激动不已。在这座岛上甚至有一座名为马坦萨斯(屠杀)的城市。

我脚下的麦德林村也于1809年3月遭到拿破仑军队的入侵,约有一万西班牙人在这里被残杀,科尔特斯出生的小屋就在其时被毁。这场暴行同样令人无法用语言形容。据一名法国士兵写的回忆录所述,法国军队中的隐语"麦德林式的赶尽杀绝"便产生自这里。

这是印第安人的诅咒吗?

行文至此,加之持续的思考,我不由想起了哲学家阿兰的话:"我们有千百种理由去相信一个人,也有千百种理由不可轻信别人。"这句话曾给青春期的我以强烈的冲击,但这种辩证法的前方又是什么呢?我至今仍不得而知。

在万里碧空下,我们怀着黯淡的心情离开了麦德林村,等待我们的下一座古镇仍然是一个吐曜着黯淡的荣光的地方。

---

① 此处(!)为作者标注。

我们沿着马德里大道向北行驶，大约走了60公里路程。

路的两边依旧是埃斯特雷马杜拉的旷野。空无一人，也不见耕地。

时而映入眼帘的，只有羊群和橄榄树。

岩石的种类发生了变化，开始能看见高耸的白色花岗岩石块。

他们就是从这片严酷的荒野奔向新世界的吗？

特鲁希略镇到底居住着一万人左右，所以这里全然没有麦德林村那种荒凉的气息。

镇外那些一看便知是阿拉伯人建造的城堡用巨大的石块垒起，几乎保存完好。但即便进到这些城堡里面，基本上也毫无意义——它们屋顶坍塌，屋内空空荡荡，只剩些石头。此情此景，直叫我为西班牙感到惋惜。经过修缮的城堡大多成了国营古堡酒店，或变身博物馆，但恐怕仍有多达数百个城堡被废弃不顾，它们顶多被用作仓库。

我听说因为"特鲁希略"这一名称来源于拉丁语 Turris Julia，所以它的建造自然被归为尤利乌斯·恺撒的功绩，这里的城堡也被认为是罗马人所建，但其实罗马人仅铺设了基石而已。

第四章　在埃斯特雷马杜拉地区(一)

在这座古镇的主广场上,若干组或高或低的宽台阶巧妙地组合在一起,拱形廊柱从三个方向环绕中央,营造出一种在西班牙实属罕见的优雅氛围。然而,又是一座铜像亵渎了广场的这种美。

这里的铜像是征服秘鲁的弗朗西斯科·皮萨罗。一座胴体包裹在头盔铠甲之下、细长的剑从斜下方伸出、骑在马背上的塑像。这匹马也套上了头盔。据说印第安人此前从未见过马,马匹本身在赤身裸体的他们看来,就如同今天的市民看到的坦克一般。

说起麦德林村的那座科尔特斯铜像,村长自豪地称其半数费用是由村庄负担的。而这座皮萨罗骑马像——令人诧异的是——出自一位美国女雕刻家之手,或者是由她请人雕刻的。

皮萨罗的父亲和为数众多的女性生下了许多与他同父异母或同母的兄弟,他率领着这些兄弟于1510年闯入了今天南美洲的北部太平洋沿岸地区。

我还是需附上从德拉斯·卡萨斯神父的书中引用的内容。

1531年,另一个臭名昭著的暴徒(弗朗西斯科·皮萨罗,1476年—1541年)率领部下开始了对秘鲁王国的远

征。他侵入了秘鲁王国,彼时他的想法、目的和方针与此前的西班牙人别无二致。(中略)

他杀害当地的居民,摧毁了好几座村庄,抢劫了大量的黄金。在那片区域的附近有一个名为普古纳岛(今普纳岛)的秀丽岛屿,那里生活着许多印第安人。当他到达之时,岛上的领主和居民像迎接天使一样欢迎他的到来。六个月后,西班牙人吃光了印第安人的粮食,但不久,他们就发现了印第安人为了应对干旱和歉收而为自己和妻儿储藏小麦(玉米)的仓库。印第安人只好无可奈何地交出小麦,流着泪请西班牙人尽情享用,而西班牙人最终报答他们的却是杀戮。西班牙人用长矛刺进他们的身体,极尽惨无人道之事,然后,他们将死里逃生的印第安人抓作奴隶。就这样,他们几乎摧毁了整座岛屿。

西班牙人从这里出发向内陆的通巴拉(今通贝斯)地区侵入,肆意杀害当地的印第安人,捣毁他们的土地。当西班牙人看见印第安人被他们令人不寒而栗的暴行吓得落荒而逃时,反诬他们是背叛国王的谋反之人,即反叛分子。

这个暴徒想出了以下计策:他多次威逼迫不得已前来进贡的印第安人和除了黄金白银之外,连仅有的一点财产都积极进贡了的印第安人交出更多的财宝。然后,当他断定他们已经两手空空、再也拿不出什么东西的时候,便对他们说,接纳他们为西班牙国王的臣民,拥抱他们。双重的诳诈,让印第安人相信西班牙人今后再也不会抓捕或加害他们。这样一来,暴徒不仅从印第安人手中夺取了大量财宝,且从印第安人的角度来看,他们只是因为还未得到西班牙国王保护所以才不得不向暴徒交出各种各样的东西。因为他们被暴徒的欺诳吓坏了。然而,暴徒却把抢劫来的东西视为正当所得。仿佛印第安人在受到国王的保护之后,就不会蒙受来自西班牙人和暴徒的压迫、抢夺、侵害和破坏了似的。

几天以后,王国最大的领主——皇帝阿塔巴里巴(阿塔瓦尔帕,1502年前后—1533年,印加帝国第十三代皇帝)率领大批赤身裸体的部下,携带着称不上是武器的器具来了。他们全然不知剑有多么锋利,长矛能刺伤多少人,马能跑得多么快,西班牙人是何方神圣(为了掠夺黄金,连恶魔也敢袭击的就是西班牙人)。

皇帝来到西班牙人的营地,对他们大声喊道:"那些叫西班牙人的在哪里?都给我到这里来!你们杀害我的部下,捣毁村庄,掠夺财富。在你们赔偿损失之前,休想让我离开这里半步！"西班牙人冲到皇帝的面前,杀死了在场的所有印第安人,逮捕了乘辇而来的皇帝。然后他们向被软禁起来的皇帝索要赎金。皇帝承诺奉送四百万卡斯泰拉诺①的黄金,而实际上最终交出了一千五百万卡斯泰拉诺。

另一方面,西班牙人虽然答应要释放皇帝,但最终违背了他们的诺言(在西印度,西班牙人没有履行过哪怕一次和印第安人的约定)。他们捏造事实,坚称大批印第安人在皇帝的命令下聚众闹事。皇帝回答他们说,若没有他的命令,这片土地上的一片树叶也不会动。皇帝还说,如果印第安人聚众闹事,那就是他下达的命令,既然他已被囚禁,索性就把他杀掉。最后,西班牙人决定把皇帝活活烧死,但是,有数名西班牙人提议用绞刑,于是最终决定在绞刑之后再上火刑。皇帝知道这一决定后质问道:"为何要将我烧死?我到底何罪之有?不是你们说把黄金交出来就放我自由吗?我不是已经交出了比承诺还多的黄金吗?如果你们执意让我受刑,就请把我交给你们的君王,西班牙的国王吧!"皇帝还诉说了西班牙人所犯

---

① 一种金衡单位,一卡斯泰拉诺合 1/50 马尔克(marco),即 0.46 克。

下的其他诸多滔天罪行,就连罪恶累累的西班牙人自己也对这些不义之举感到憎恨。但最终,西班牙人还是把皇帝烧死了。

那么在这里,恳请诸位仔细想想,这场战争的正当性和依据何在?想想他们囚禁领主、宣判领主死刑并将其残忍杀害的是非对错。也恳请诸位判断,从国王和其他无数的领主或首领那里抢夺王国巨额财富的暴徒们有没有良心?

罄竹难书的皮萨罗一行人总计有一百六七十人。如此寥寥的西班牙人却征服了这样广阔的土地,每天屠杀如此多的人,还把重达几百吨的黄金白银掠夺至西班牙,这实在匪夷所思。历史中会冒出什么样的事情来,还真难以想象。

当战斗打响,以弗朗西斯科为首的庶出私生子们冲在了第一线,而嫡出的埃尔南多这个狡猾精明的家伙却只负责后方的事务。据相关书籍记载,弗朗西斯科虽然已经五十多岁了,却还和印加帝国的公主伊内丝·尤潘基结了婚,两人生下一个女儿弗朗西斯卡,后来她嫁给了埃尔南多。也就是说,埃尔南多娶了自己的侄女。他们对印第安人的背叛、烧杀抢掠和犯下的其他罪行,终究也波及他们自身,私生子们一个接一个地倒在同父异母的兄弟手下,弗朗西斯科也被部下、朋友杀害。即便给座下的马也戴上头盔,背信弃义之人终会遭他人背弃。

最终,活着回到特鲁希略的人只剩下嫡子埃尔南多,他的孙子最终被封为"征服者①侯爵"。

征服者侯爵府坐落于这座小镇主广场的一隅,是一座廊柱十分壮观的四层楼公馆。公馆的一角,雕刻着分别代表弗朗西斯科及他的妻子伊内丝、女儿(同时也是埃尔南多妻子)弗朗西斯卡,以及埃尔南多的三层纹章,依然清晰可辨。在纹章的中央,能看见至少六个男人的头被铁链拴在一起。我不知道这意味着什么,我猜想或许是秘鲁的印第安人首领们吧。

特鲁希略以在中南美洲创建了二十个国家为豪。在离征服者侯爵皮萨罗府邸不远的地方有一座据称是亚马孙河的"发现"者奥雷利亚纳的带阳台的雄伟公馆,广场边还有圣·胡安·皮埃德拉斯·阿巴斯侯府,府邸的底楼成了酒吧和服装店。索佛拉加侯爵府也在附近。这座古镇到处都是贵族和纹章。广场的另一角,坐落着圣·卡洛斯公爵府,公爵府有一

---

① 指代十五世纪至十七世纪间,到达并征服美洲新大陆及亚洲太平洋等地区的西班牙与葡萄牙军人、探险家。

扇巨大的大门,马车能径直驰入门内,门扉上装有大约五个拳头大小的门环,用这些门环叩响门扉的话,死人大概都会被惊醒……

一代又一代继承了圣·卡洛斯公爵称号的男人中有一位无能首相——费尔南多七世,他曾站在画家戈雅的画布前。

不过,还真有如此壮观、宏伟、夸张——怎么形容都不为过——的石砌公馆。

再次回到之前的话题,他们离开埃斯特雷马杜拉的旷野,越海远征,到底带回了什么?

是否正如西班牙人自己自嘲的那样,仅仅是"把黄金变成了石头"?

站在四周布满贵族府邸的特鲁希略广场上,连自己都感到奇怪的是,我竟然回忆起了几年前在纽约曼哈顿时的那种奇特的不寒而栗的感觉。

这里是西班牙帝国主义、殖民主义的发祥地。

在面向广场的圣·胡安·皮埃德拉斯·阿巴斯侯府底楼的酒吧一边喝酒一边远眺着作为这座古镇主人的人们晤聚,我又再次忆起那些在曼哈顿的高级餐厅里,一边品着马提尼酒一边享用午餐的纽约商人。

他们之间有什么样的共通之处呢?

我自己也说不清楚。

特鲁希略的广场和曼哈顿……

曼哈顿那虚无缥缈中的玻璃摩天大楼和特鲁希略的石砌府邸……

由于我在谈论中南美和加勒比海区域的"发现"和征服时长篇累牍地引用了德拉斯·卡萨斯神父的《述略》,所以或许多少也成了其他殖民国家的帮凶。这些国家以"黑色传说①"为借口,宣称相比西班牙人对印第安人惨无人道的处置,自己的殖民地政策要更为"人道",从而将其殖民行为正当化。但我想补充一句,事实上还存在着另一种"黄金传说",即得意扬扬地声称,尽管自己破坏了这些没有文字、纪年要用绳结来计数的不能称之为文明的文明,同时也给他们带去了基督教。

我想,从墨西哥决不答应造科尔特斯纪念像这一事实中可以看出,历史已经做出了最终裁决。不知道秘鲁是否有皮萨罗的铜像。

---

① 指有关美洲西班牙人殖民地的故事,使人们普遍相信(尤其为敌对的英国和荷兰人所认同)西班牙人对待当地原住民的残酷程度超过其他任何国家。西班牙语为"La Leyenda Negra",英语为"Black legend"。

第五章　在埃斯特雷马杜拉地区(二)

麦德林和特鲁希略给我留下了非常不快的感受。

绕着特鲁希略广场周围迷宫般的小巷转了好几圈我也没走到大道上,好几次又重新回到了广场,是特鲁希略广场舍不得我离开吗……到了后来,我和站在广场上的警察都混了个脸熟,他一看见我就笑了出来,仿佛在说:"你又来啦!"

好不容易找到了大道,这下我们要向西行驶48公里,去卡塞雷斯城。

松树林出现了。

阳光烈烈。

有两次,戴着墨镜的我都怀疑自己没有戴墨镜。

卡塞雷斯也是一座古老的城市。

城市的四周被带塔楼的城墙包围,城墙和塔楼是从罗马时代保留下来的,其余部分则是在蛮族的入侵和破坏后由阿拉伯的伊斯兰教徒重建的。穿过低矮的城门进入城内,凹凸不平的石板路蜿蜒曲折,石砌房屋环列两边,家家户户都骄傲地装饰着有些来头的纹章,而且几乎都配有一个塔楼。它们大多建于十五世纪到十六世纪的黄金时代,在这里,黄金也变成了石头。

住在这些三四层上带一个塔楼的石砌房屋里是什么样的感受呢?我也不知该去问谁,即使问了,这也非三言两语就能道明。就像问关于他们祖先的事情,他们也只会回复我几个固有名词。

古城非常宁静。这里的建筑是石砌的,虽说不会倒塌,还是难免给人一种朽坏的感觉,而且当石头开始朽坏的时候,这里给人的印象也难以避免地令人联想到墓地那种地方。城内巷子里到处都装有照明设备,却连白天也几乎无人通行。入夜后,石板路和石墙被电灯照得通明,从这里经过的只有不用承担责任的游客,这就是二十世纪本身吧。我自己也是其中的一员。

过去的那些大贵族建造的规模宏大的宅邸,其维护和保存似乎还是很困难。一处地下有阿拉伯的伊斯兰教徒修建的输水用巨型贮水池的宅邸变成了乡土博物馆。这个地下贮水池用五个花岗岩拱顶支撑着天花板,储存的水量充足到接近柱头。这些水不知是从哪里来,也不知要流向何处。作为城市水道的一部分,贮水池如今仍在使用,已经有上千年的历史了。我总是为从北非沙漠地带跑来的这个民族高超的用水技术而叹服。

我们从有着昏暗的地下贮水池、隐约散发着墓地气息、仿佛只有水是活着的卡塞雷斯城向南行驶68公里,进入这个国家历史最悠久的罗马城市梅里达。值得庆幸的是,在这里,无论是蛮族建造的,还是阿拉伯的伊斯兰教徒建造的,所有诞生于人类之手的精妙建筑几乎都被原样保存了下来。

梅里达的罗马名称,即拉丁语名称为埃梅里达·奥古斯特,奥古斯都皇帝麾下的罗马第五军团和第十军团曾驻扎于此。埃梅里塔的意思大致是指这些军团的退伍军人,他们移民到这附近,开始了都市的建设。

来到这座城市的人,若是想稍微就这座城市写点什么或叙述点什么,一定会为到底从何处着手而犯难。如果把罗马视为一座永恒的城市,那么该如何称呼梅里达呢?它不是罗马帝国的一座边境小城,而是包括今天的西班牙西部地区和葡萄牙在内，被称为卢西塔尼亚的辽阔区域的中心城市。身处这座城市，我为自己没有好好学习拉丁语而深感后悔。我想说，几乎在这座城市的每个角落，不仅是教堂和贵族的宅邸，就连在毫不起眼的商店的石墙上，都可以见到拉丁语铭碑的碎片，这些作为石材的石头都是从曾经在这座城市耀武扬威的罗马人的建筑废墟上搬来的。我看见一家服装店门口铺的大理石砖上刻有"TVS"这几个字母。

好了，我想就这座城市说点什么，按顺序，还是应当从南边入城时会经过的架在瓜迪亚纳河上长达800米的罗马石桥开始说起。这座桥没有名字。它仅仅被称作"桥"，但这已足够了。它是一座了不起的桥！这座桥共有81个巨型桥拱，横跨瓜迪亚纳河的两条支流，今天依旧能承受重型卡车和巴士的通行，也有足够的宽度容纳双车道，而在2000年前，罗马的军团和货车就曾往来其上。在支撑巨型桥拱的桥墩上，另外开凿了洪水来袭时方便通泄河水的小窗型桥孔，这其中的智慧果然令人不得不佩服。当然，我等感到钦佩也是无关紧要的事情，但我不禁思考起人类智慧的守恒性这一问题。关于"进步"这个词，我常常是怀疑的，若将人类智慧的守恒性和他们运用的材料、材质的变化放在一起思考，就会对人类产生某种安心感。而罗马人运用的材料主要是石头。

关于这座桥的桥拱留有很详尽的记录。从梅里达一侧数起第11号到第16号桥拱在686年由西哥特的国王修缮重建；第21号和第22号在1811年被英国和西班牙联军为阻挡拿破仑军队而炸毁；第29到第31号，以及第33号曾分别在1860年和1877年被洪水冲毁，是后来重建的。

这座桥确实就是"历史"本身。

我多次告诉自己，这就是历史。徜徉于这座桥上，眺望附近已变成牧场的河滩上吃草的牛，我不断告诉自己，这就是历史本身，而非他物。要相信这座"桥"的存在，如果能做到这一点，其他便都不是问题，既不会有所畏惧，也不会感到动摇。不可思议的是，自己不是石头这一点让我在心的某个深处产生出一种安心感，若要诉诸文字，那是一种超越了逻辑和其他的一切、犹如桥上方的碧空一般深远的、缥缈的感觉。

桥的下方及附近一带，吉卜赛人的马车三五成群地聚集在一起，他们搭起帐篷，在桥拱下摆上桌椅吃饭。三个小孩交错着躺在一张床上睡午觉。长头发黑皮肤的男人们挥舞着藤杖走来走去。这个藤杖是马匹商人即马贩子的标志，吉卜赛人来到西班牙后的大约500年间，都在一边做着这种生意一边在各地流浪。

无论是教会还是国家，与他们都没什么关系。有一次我半开玩笑地问他们当中的一个人,你们民族最伟大的人是谁?结果他回答我说,是电影演员尤·伯连纳①。

跨过这座桥,我们进入位于山丘上的梅里达城。入口处不知是门还是塔的地方处于半损坏的状态,目前正在修缮,大概是为了保持交通便利吧,因为这里是经由巴达霍斯到葡萄牙、处于马德里和里斯本之间的主干道沿线。

不过,守护这座半损坏状态的桥的要塞,是阿拉伯的伊斯兰教徒在九世纪修建的。要塞的围墙内有从瓜迪亚纳河引水的水池,他们巧妙地运用了科林斯式的柱头和像极了出自后来西哥特人之手的大理石的装饰性雕刻,在过去罗马人和他们的奴隶从埃斯特雷马杜拉的山里开采来的石材上,刻着阿拉伯语的《古兰经》经文。

我们进入城区,爬上山丘,渐渐靠近位于南边的斗牛场。只要是西班牙的城市,哪里都有斗牛场,所以它本身并不能勾起我的兴趣。但斗牛场所在的这个位置,恰好曾经建有一座古罗马盛行的宗教密特拉教的神庙。如今遗留下来的东西几乎都被搬到了博物馆,这里什么也没有。在这里受到崇拜的是一个起源

---

① 尤·伯连纳(1920—1985),出生在俄罗斯的美国戏剧与电影演员,奥斯卡金像奖得主。代表作有音乐剧《国王与我》,电影《十诫》《蛇》等。

于希腊、传说是从岩石中诞生的神,他宰杀了神圣的公牛,后来从这头死亡的公牛身上诞生出一切的植物和动物。这座神庙建于公元一世纪,据说原先奉祀在这里的神圣公牛巨石像现被藏于博物馆。公牛石像的毛发跟罗马人的一样打着旋儿,鼻孔异常粗大,非常魁伟,显露出一种稳如泰山的强大力量。

罗马人建造起神殿,在那里宰杀神圣的公牛,然后涂上它们的鲜血祈祷在战场上能所向披靡;而在同一个地方,现今是颇有人气的斗牛士们和牛在竞技着。

这两者间,相隔两千年……

我感到有些晕眩,不停地对自己说:这不算什么,这不算什么,这是再正常不过的事情。

这里的博物馆是一座收藏着近两百年来发掘的、罗马艺术史上最重要、肢体缺损较少、面部也保存完好的雕刻类作品的宝库。波旁王朝的卡洛斯三世是那不勒斯时代着手发掘庞贝的人。在这座博物馆里,还藏有奥古斯都皇帝的养子提比略和孙子克劳狄乌斯的雕像。

但是,这些人的面庞和体格还是不及圣牛那种令人恐惧的气势。我不由得想:神,不论其形态是牛还是别的什么,终究要比人类更具气势。

事实上,罗马人在这个国家建造了比梅里达城更大的城市。比如过去被称作希斯帕利斯的塞维利亚,以及曾经叫埃尔曼蒂凯的萨拉曼卡,它们都被掩埋在后来文明的沉积中,化为基石。由此说来,梅里达被国境之城巴达霍斯抢去风头,人口锐减,逐渐被人们遗忘,反而值得庆幸。

梅里达壮观的圆形剧场和半圆形剧场掩蔽在杂草和泥土之下,可以说几乎完好地保存了下来,只有少量石材被某些人为了造房子挖走了。由于梅里达所处的位置十分偏僻,因此长期以来一直默默无闻,这对研究罗马的政治和文明的学者们来说实在是一种幸事。差不多整整一千六百年……

据说曾经可以容纳一万四千名观众的阶梯形座位环绕着半圆形剧场,最下方的半圆形舞台台口曾因有大理石而绚丽夺目,舞台的背景是高约三十米的两段式大理石廊柱,上段的廊柱由于背后的石砌墙倒塌,看上去好像只有发青的大理石柱悬浮在湛蓝的天空中,石头建筑的坚实与不稳在这里达成了完美的统一。分成七个部分的阶梯形座位在上方和中间还设有隧道式出入口,整个剧场结构的完整度和现代的剧场毫无二致。

四周被夜幕渐渐包围,我坐在空无一人的剧场台阶上,注视着舞台正面的廊柱。突然,脑子里就冒出"太初有剧,……"①这

---

① 此处引用了新约《约翰福音》的篇首"太初有道"的句式。

样一句话来。

对于罗马人而言,城市首先意味着剧场、公共浴场和铺装道路。可是,城市为什么必须等同于剧场呢?我想着想着,自然而然就想到了:

太初有剧,……

曾经装饰于这座剧场的众多神像如今基本上被收藏在博物馆,有的甚至被搬到了马德里。如果在这里大声高颂泰伦提乌斯《安德罗斯女子》中的台词:

吾身为人,人之本性,吾皆有之。

可以想象那就好比在诸神的雕像背景前,作为登场人物之一发出誓言一样。

凝望着在夜幕中越发苍白的大理石廊柱,那些曾让我感到极度无聊的普劳图斯的《一坛黄金》《凶宅》《孪生兄弟》等戏剧茫然浮现在脑海。这里同时也是公共集会广场,所以哲学家大概也会三三两两地出现在这里,用宛如今天的原子物理学中才有的异常艰涩难懂的理论,围绕人类及其所为进行论战吧。

两千年，不算什么……

舞台的背面，在学术上尚未决定该如何修复、处置的石头和大理石石材堆放在四处。我就这样随意地从上面跨过，不禁脊背发凉。

如今，这个剧场主要在夏季的旅游季节开放。只要是戏剧演员都会想在这里登台表演吧。

紧邻半圆形剧场、稍微沿着罗马古道走几步的地方，有一座十分壮观的圆形竞技场遗迹。据说这里曾经可以容纳三万名观众，但相较半圆形剧场，它似乎更频繁地被作为采石场使用，阶梯形观众席的石头有一半以上都不见了，令人想起现在的棒球场的草坪外场席。观众席底下的圆形竞技场中央，还有一个被凿成十字形的下陷的部分，据相关书籍记载，这里曾安置有一些舞台装置，但我学识有限，无法进一步说明。

遗留下来的石砌观众席最下层，也就是直接靠近竞技场的地方用砌得像栏杆的石材防护着，它大概起到一个把同奴隶格斗的猛兽与观众隔离开的作用。

奴隶和猛兽……

猛兽的行为是合乎情理的。

但人类的行为着实超越了自身所能理解的范畴,就算是"人之本性,吾皆有之"……

我们离开这两座剧场的遗址,再次回到城中心,走向圣欧拉利娅教堂。

这座教堂也是在罗马的神庙遗迹上用原本的石材修建的,如今只剩下一扇原是神庙入口的低矮的门,门扉内侧被烛火熏黑的圣女欧拉利娅像在烛光中依稀可见。在这座神庙遗址的背后,建有一座巨大的,可以说大得离谱的教堂兼修道院。

传说圣女欧拉利娅是基督教传入此地时的早期殉教者,还是青春少女的她因为抛弃了罗马的官方信仰而遭到非难,最后被施以火刑以儆效尤。

一位黑衣老妪面向刻有拉丁语的罗马神庙门的遗址里面的圣女像,跪在地上,双手合十祈祷着。这位黑衣老妪的祈祷,穿过两千年的时光追溯至从前,又回到现在。在我看来,这位黑衣老妪就是"历史"本身。

这座城市的郊外另有一座三层输水道,它耸立在湛蓝色尚未退去的天空中,仿佛要把天空支撑起来似的,庄严肃穆。

历史会消融在这夜幕中吗,还是说,这夜幕本身就是历史呢?

第六章　疯女王与神圣罗马帝国皇帝

马德里山丘上的王宫脚下有一片属于王宫的庭院。庭院非常大,在它的一个入口处,有一个恐怕不会有游客造访的小型博物馆。

它是王宫附属的一个马车博物馆,行程紧张的游客们不去也理所当然。这里摆列着少量过去西班牙王室使用的各种马车和轿子一类的东西,仅此而已。

但其中展示的两件物品,我想至少会吸引对这个国家悲剧性的历史感兴趣的人。

其一是在这个宽敞的小型博物馆的一隅,绘有罗马式廊柱的挂毯前陈设着的一辆黑色的大型四轮马车。马车的辀架——大概这么叫吧——和车轮都是黑色的,给人一种不祥的感觉。车的材质是黑檀木,牵引马车的四匹木马也是乌黑的。

我不禁想，就算是用黑檀木制造的，也不必从上到下、从头至尾都弄得乌黑吧。与展出的那些来自法国波旁王朝的王族的马车相比——它们通常用金银和红色颜料打造得锃亮锃亮、泛着油光，也着实让人有种不祥的感觉。这辆马车像是与其他的马车和轿子隔离了似的，静静地待在远处的一个角落。

这辆由黑马牵引的黑色马车据说是被称为"疯女""疯女王"的胡安娜乘坐过的。这个常被叫疯女胡安娜的女人，是被称为天主教双王、统一了西班牙的卡斯蒂利亚女王伊莎贝拉和阿尔贡国王费尔南多的次女，卡斯蒂利亚王位的第三顺位继承人。按照那个时代的婚姻惯例，她嫁给了来自奥地利哈布斯堡王朝的费利佩（菲利普），这位年轻人当时统治着荷兰、比利时、勃艮第等低地国家。

这辆让人感觉只会在葬礼时才使用的、由黑马牵引的黑色马车，让人联想到着实刻板谨慎又杀气腾腾的卡斯蒂利亚宫廷。

不妥，我在这里用了"宫廷"这个词，但彼时西班牙王国并没有固定的首都和宫殿。即使是天主教双王，他们在世的时候也宛如流浪的统治者般毫无宁日地奔波于西班牙各地，他们的统治方式可谓"出差统治"。我曾戏称这是个"王室马戏团"，让某位西班牙历史学家甚是不快，因为现今的胡安·卡洛斯国王也是一年到头在全世界旅行,美其名曰"国事访问"。

凝视着这辆黑色的马车,我的思绪被带到了托德西利亚斯小镇的一个中等规模的修道院。这个小镇同样位于旧卡斯蒂利亚,在杜罗河畔的山丘上。被称作"美男子"的丈夫费利佩在布尔戈斯逝世后,胡安娜因无法承受打击而发疯。尽管她正式获得了卡斯蒂利亚女王的称号,但从28岁起在这座修道院里被幽禁了整整46年。46年,将近半个世纪啊。

修道院里有一架荷兰产的羽管键琴。这架琴有白键27个,黑键18个,是一台有38度的琴。琴键已经凹凸不平无法弹奏,但据说这架琴是疯女胡安娜从丈夫位于布鲁塞尔的宫廷搬回来的。这架羽管键琴的琴盖内侧,是一幅王公贵族的男男女女身着华丽的衣服在法式王宫的大庭院游玩的场景画,琴身的4个侧面用类似螺钿工艺饰以蔓藤图案。

即便只见到这一架羽管键琴,我眼前也能清晰地浮现出在神圣罗马帝国皇帝——哈布斯堡王朝的马克西米利安统治下,低地国家的繁荣景象。这正是赫伊津哈在《中世纪的衰落》中描绘出的繁华盛世,与胡安娜的乌黑马车透出的刻板谨慎和杀气腾腾感形成强烈的对照。

卡斯蒂利亚女王伊莎贝拉去世后,由于本该继承王位的长兄长姐已经亡故,所以嫁到布鲁塞尔的胡安娜意外地成了卡斯蒂利亚的女王,被紧急召回西班牙。因此,她的丈夫——哈布斯堡王朝的费利佩便不光拥有低地国家,还获得了从天而降的一个西班牙王国。

从幼年时代起,胡安娜就跟随母亲伊莎贝拉女王在荒凉的卡斯蒂利亚诸领地和西班牙各地奔波。对于在这样的环境下长大的胡安娜而言,接触低地国家所拥有的文艺复兴时期的繁荣和轻松愉快的习俗、文化,恐怕是足以使她精神异常的文化冲击。关于她母亲伊莎贝拉女王那素朴而又杀气腾腾的移动宫殿,由于前文叙述过,在此就不再赘述。

乌黑的马车和精巧华丽的羽管键琴……它们甚至令人联想起这个国家后来的命运。

在这家马车博物馆,还有一件具有象征意义的物品。

那是一顶跟波旁王朝贴满金箔的马车等相比过于朴素,毋宁说是陈旧到装饰和徽识都难辨的轿子。诚然,这顶轿子是从王宫的地下仓库掸除灰尘后取出来的,但怎么说也是那个统治了除中国以外新旧大陆上最大帝国的卡洛斯五世的轿子啊。神圣罗马帝国的皇帝原来就是坐在这顶寒碜的轿子里,由四名轿夫抬着,奔波于整个欧洲镇压新教徒,并且还冲进罗马对教皇又是威胁又是取悦……

这也是一顶大有历史的轿子。为了保护这位被痛风所扰的男人的脚，放脚处被设计成可以把脚包裹得严严实实的形状。他似乎是一位身材相当矮小的男人，因为轿身设计得非常低矮，甚至会让人误以为是婴儿摇篮的变形。

在提香画的一幅这位皇帝的骑马像上，他是一位英姿飒爽的堂堂男子汉，看来这幅画主要还是为了表现皇帝的威严，并非写实。（前面我称他是卡洛斯五世，但在日本，他作为神圣罗马帝国皇帝好像通常被称作查理五世，作为西班牙国王则被称作卡洛斯一世。这种在全欧洲的范围内活动、出嫁、入赘的人的称谓甚是麻烦。上文提到的疯女胡安娜的丈夫，本来是叫菲利普，但我本是站在西班牙人角度写这篇文章的，所以写的时候我想全部统一成西班牙的读法。然而，这样一来，卡洛斯五世作为西班牙国王，是不是应该称作卡洛斯一世？但我也将在后文叙述缘由，他正式成为西班牙国王卡洛斯一世的时间非常短暂，所以在西班牙没人称他卡洛斯一世。）

我希望读者们还记得这位卡洛斯五世就是上述疯女胡安娜的长子。胡安娜被认为发疯后，被父亲阿拉贡国王费尔南多和儿子卡洛斯五世联手关进托德西利亚斯的修道院长达46年，但是在这期间，她名义上仍然是卡斯蒂利亚的女王，这一点没有变化。她的父亲也好儿子也好，他们之间虽然互相斗争，但为了在卡斯蒂利亚的地盘上独断专权，联合起来把自己的亲生女儿和母亲——胡安娜当作"疯女"关了起来。这件事情符合他们的共同利益。

他们大概会说,想说我们卑鄙无耻那就说去吧!不过人类做事的卑劣程度真是个无底洞,可以说这类事情对各国的王室而言都是家常便饭。尽管对于胡安娜本人来说自然是难以忍受的。还有胡安娜是装疯的传说,说那是让卡斯蒂利亚王国得以保全的策略。这种对胡安娜毫无用处的安慰,也在她死后奉贡给了她。

我对比着看这辆黑色的马车和这顶寒碜的轿子,总觉得历史这个东西,宛如卡洛斯五世的轿子一样极其不安定地晃动着,又像是黑马拉着的黑色马车"嘎啦嘎啦"地发出寂寞的声响,奔跑在卡斯蒂利亚荒无人烟的旷野上。

我们决定再次到旧卡斯蒂利亚地区转转。

离开马德里城区——关于这座首都,我决定在这说一句:曾经由哈布斯堡王朝的国王们仿造维也纳建设的这座城市,如今也无可避免地受到了现代化浪潮的冲击。在我看来,它似乎越来越南美化,也就是被逆向殖民地化了。

我们离开这片城区,沿着 1 号国道向北行驶。行驶了 30 来公里,到达一片遍地都是巨石的、高低起伏剧烈的荒芜之地,要是一个人被丢在那里,大概会陷入进退维谷的境地吧。高速公路的右侧,一条叫作哈拉马河的小河忽隐忽现。从这条河再往东北方向走,是一片没有一草一木的上游地带,那里曾发生过一场战争。

那场战争距今仅过了40年。

我在这次的逗留或者说是旅途中,在马德里的某个餐厅认识了一位美国老人。这位老人居住在芝加哥,在那场内战中,他自告奋勇地加入了共和国政府一方,被编入国际纵队下一支全部由美国人编成的亚伯拉罕·林肯大队,同自北而下以马德里为目标的佛朗哥军队在这条河的上游战斗过。"……自愿在共和国政府一方战斗的美国人总计应该有3300人左右……其中一半的人都战死了,因为我们根本没得到充足的训练……如果我们将共和国政府保卫到底,在这里将纳粹德国和法西斯意大利击溃了的话,应该就不会发生第二次世界大战了。我至今还是这么认为。后来我还参加了第二次世界大战……战后,我被当成了共产党员或与之类似的人,在美国国内被美国联邦调查局跟踪,数次更换住所和工作,最终因为不堪其扰甚至把名字也改了……但我们这些属于林肯大队的人之间互有联络,我们发誓当某一天西班牙再次成为共和国的时候,要再度到访这个国家。尽管这个国家至今仍是君主国而非共和国,但不管怎么说佛朗哥已经去世了。"

在马德里餐厅的嘈杂声中,老人潸然泪下地对我说了这番话。除了他,餐厅里还聚集了其他七名从芝加哥地区抽身过来的美国人,他们那天乘巴士去了曾经战斗过的战场。

这个上了年纪的美国人之后透露给我的事情让我一阵脊背发凉。

他说:"我的祖上曾经生活在西班牙,是书香世家。1492年卡斯蒂利亚女王伊莎贝拉攻陷格拉纳达的时候,发布了对犹太人的驱逐令,我的祖先就是在那个时候离开西班牙去意大利的热那亚的,然后在十九世纪中叶移民到了美国。所以,自那以后,参加过西班牙内战的我是家族里第一个踏上祖先土地的人。"

这其间隔了有大约400年。

这位老人跟我说话时,时不时地称呼我为"年轻人",就像是在对自己的儿子娓娓叙述家族的历史一般。我已不是年轻人,但西班牙内战也给青春期的我留下了某种难以磨灭的印记。

这位老人的祖上是生活在西班牙的犹太人,他为了保护刚诞生,或者说是即将诞生在这个国家的民主主义、社会主义免受法西斯主义破坏挺身而出,离开美国走上了战场。在他的心中，十五世纪以来的400年历史，和近来40年的现代史，究竟是怎样的一番景象呢？

我的视线自然没有办法离开这位老人深陷的眼窝和唇周花白的胡须。历史有时任性到让人感觉走投无路，它有着和人等身的大小，正因为历史的任性，它才能成为历史。不管这段历史是从何时诞生的，也只能以人的形状存在。罗马的基石也好，哈拉马河沿岸的荒芜之地也好，可以说，都是人类心灵的景象。

我们离开马德里的时候，天气还算不错。可离开首都，照例向着山地驶去时，天空忽然下起了雨，风也转寒，到达索莫斯艾拉海拔1404米的垭口时，竟下起了雪。4月30日竟是这样的天气，真是一个脾气暴戾的国家。这里不光是冬天，到了晚春也会降雪，因此陡峻的山口周围的道路常常被封锁，旅客们不得不绕远路的情况时有发生。而夏天也没有可以庇荫的树木，人们很可能会被炎阳晒伤或者因干渴而偃仆于道。这条道路还是通往法国的第一大道，因此向马德里进军，或从马德里出征的所有军队行军到这里时都会狂躁不安。这片荒芜的高原上几乎没有食材，所有的军队都不得不侵扰沿途的村庄。1808年拿破仑军队顺着这条大道入侵而来，他麾下的波兰骑兵团一下子冲散了守卫这个以易守难攻著称的山口的一万两千名西班牙士兵,最终将不擅长集团作战的西班牙人逼入他们擅长的、以单打独斗为主的游击战。拿破仑的军队也发狂了,在某个村庄曾有这样的传言:"那帮家伙连乞丐也抢。"

卡斯蒂利亚高原上云层低矮,冰冷的蒙蒙细雨笼罩着大地。春天才刚刚到来,小麦和玉米都还没有长高,葡萄也蜷缩着只长出一丁点儿的叶芽。这儿的松树林也很低矮,显出一副穷酸相。西班牙,尤其卡斯蒂利亚是一个十分炎热的地方——这种固定观念必须抛弃。卡斯蒂利亚有"地狱三个月,冬天九个月"的说法,地狱三个月指的是七月、八月、九月,卡斯蒂利亚的收成全靠这三个月的暑热空气和长时间的日照。

我们权且朝着布尔戈斯城行进,途中有一座面向杜罗河的阿兰达城,稍向北还有一座莱尔马城。前者因为有河流经过,白杨树枝繁叶绿,令旅人心旷神怡。天主教双王(卡斯蒂利亚女王伊莎贝拉和阿拉贡国王费尔南多)在这里修建了教堂,正面可见双王肃穆而巨大的纹章。然而冷雨下个不停,寒冷得叫人无法驻足细看。这附近的所有城镇和村庄都留下了双王的痕迹,而且这些痕迹并未化作遗迹,而是直至今日仍影响着这些地方。另一座被中世纪的城墙包围着的莱尔马城,有一座莱尔马公爵的大宅邸。这位公爵在费利佩三世统治时期担任"宰相"职务,不停地囤积黄金,建起了在中世纪西班牙的城市规划中少有的完备的城市。支仓常长接受洗礼时,公爵也同国王一同在场,彼时正是西班牙即将从黄金时代骤然跌落的时候。然而这座宅邸也被拿破仑的军队洗劫一空,只剩下一个空荡荡的外壳。

冷雨还没有要停的意思。

大约15年前,我从法国南下到达这条大道,当时酷暑难耐,所以这次来穿得轻薄,不承想却事与愿违。要在这个国家游走,得常备冬夏两季的衣服才能安心。

我们进入布尔戈斯。

雨虽然已经停了,但挂在城市入口处的电子显示屏上显示温度仅有8度,冷风也呼呼地刮个不停。

这座城市在海拔900米的高地上,人们常说"夏季只有圣地亚哥节(7月25日,西班牙守护神之日)和圣安娜节(7月26日)这两天",果不其然,这地方真是寒冷刺骨,令人难以忍受。

然而当阳光朗照的时候,被照射到的地方与其说是温暖,毋宁说是炎热。这种恶劣的天气从某种角度来讲,或许可以说决定了西班牙的命运。我饶有兴趣关注的西班牙史上的疯女胡安娜（疯女王胡安娜），她的丈夫费利佩曾在这座城市挑战源自巴斯克地区的球战回力球（网球的一种）直到大汗淋漓，在阴凉处休息时将一大罐凉水一饮而尽。悲剧从此拉开帷幕。一周后的1506年9月25日，这位美男子疑似因患肺炎猝死。这或许也是给这个不会西班牙语，不懂西班牙风俗习惯，一心只想着如何从妻子胡安娜女王手中篡夺卡斯蒂利亚、从岳父费尔南多国王手中夺取阿拉贡地区的年轻人的惩罚吧。

更为悲惨的命运也降临到了西班牙。这位美男子的猝死让28岁的女王胡安娜也疯癫了。关于她发疯的原因，除了她丈夫的死，还有其他多种推测。她的外祖母，也就是伊莎贝拉女王的母亲、卡斯蒂利亚国王胡安二世之妻，葡萄牙的伊莎贝拉在晚年也疯癫了。另外，富庶而浮薄的低地国家宫廷带给她的文化冲击在前文也已提及，在这个布鲁塞尔宫廷里她遭到了非常凄惨不公的待遇，她被迫与西班牙带来的家臣断绝来往，也没有得到约定要支付给她的钱款。由于这些遭遇，她似乎已经有了疯癫的迹象。加之她的美男子丈夫，是一个不论遇到贵妇还是普通女子——只要是美女，都会与之发生关系的无可救药的家伙，所以她即便因妒忌而发疯也不奇怪。

她对女性的厌恶似乎到了极端的地步。况且,在她的母亲伊莎贝拉女王死后,为了继承卡斯蒂利亚女王的王位,她同丈夫一同回到西班牙,然而不过是身为摄政者的丈夫却在巡游的时候走在她的前面。唯有一次她让丈夫退后,说:"因为我是卡斯蒂利亚的女王。"

任何宫廷都一样吧,若想集中观赏人性的丑陋,不妨一窥宫廷。

在这座北方哥特式风格城市的中心,离大教堂不太远的地方,有一座名为"科登之家"的城堡。这里原本是弗朗西斯科一派的骑士团团长的公馆,"科登"的名字似乎源于这一派修道士服的装饰绳。正是在这里,费利佩去世,胡安娜发疯。而且糟糕的是,一位修道士向这位精神失常的女王灌输不久后国王定会复活的观念,理由是有死而复活的先例。胡安娜信了,自那以后她养成了一个令人毛骨悚然的习惯,她片刻不离费利佩的灵柩,不时让人打开盖子,窥望里面已冰冷僵硬的尸首。

然而逝者已逝,最终决定将遗骸送往胡安娜的母亲——伊莎贝拉女王长眠的格拉纳达。由此,疯女胡安娜和装着美男子遗骸的灵柩,以及卡斯蒂利亚王室的朝臣们便开始了漫长的跋涉。

装载灵柩的马车大概行进在最前头,后面紧随着本章开头提到的由四头黑马牵引的黑色马车,这支送殡队伍终日漂泊在卡斯蒂利亚的旷野……

这片大面积不长一草一木的高原,秋天和冬天时大雾弥漫、雨雪交加,车轮会陷入泥泞,自比利牛斯山脉刮来的寒风呼啸,是一个叫人难以忍受的地方。

就这样,黑色马车和灵柩一行,在秋冬的白昼猛然变短了的荒野和山丘漂泊。

疯女的肚子里还怀着亡夫的孩子。

在那片荒野的正中央,每当马车停下来,疯女就要让人打开灵柩的盖子。

入夜后,柴火被点燃,可谓阴气逼人……

这种漂泊持续了近三年之久。

布尔戈斯的科登之家,也是哥伦布第二次航海归来时向伊莎贝拉女王报告沿途见闻的地方。哥伦布从加的斯海港登陆,然后千里迢迢地骑马或是乘坐马车跋涉了 900 公里来到布尔戈斯。

在谈及布尔戈斯城的时候,大概还不能少了这里的北方哥特式大教堂。我无意用建筑学方面的专业术语让读者诸君感到头痛,所以在这里我仅作简略的介绍。

布尔戈斯城的名字 Burgos 同 Burg、Burgus、Bourg、Burgh、Borough 等一样,意思是遍布欧洲的"城下町",即城邑。它和斯特拉斯堡、汉堡、爱丁堡等城市名一样,总而言之是要表达"这里是欧洲"的意思。这座仅次于塞维利亚、托雷多的教堂,位列西班牙第三的宏伟大教堂,是在 1221 年基本按照北方哥特式风格在此开工建设的。工匠里不仅有当地人,也有从低地国家、莱茵河畔、勃艮第、意大利等地召集来的人,竣工的时间为十六世纪中叶。因此,教堂不仅有北方哥特式的特征,也混杂了文艺复兴式的风格,说好听点是欧洲大教堂建筑风格的集合,说不好听它就如同各种建筑风格堆叠的垃圾场。如此规模宏大的建筑之所以能够建成,是由于该地为美利奴羊毛的集散地。在教堂内一隅的墙上,悬垂着那位传奇式英雄熙德[①]的灵柩,关于此人我在此不做评述。另外,这里还曾经有一幅据说是原本出自列奥纳多·达·芬奇之手,经过修复后,变得像是某地的娼妇般的抹大拉的玛利亚画像。不知是不是因为终于意识到这幅画不合场合,此次竟遍寻不着,而之

[①] 即罗德里戈·迪亚兹·德·维瓦尔(1043—1099),卡斯蒂利亚贵族,死后被视为西班牙的民族英雄,是史诗《熙德之歌》的主角。

前挂那幅画的地方已经改成了一个小卖部。石砌修道院院内每个角落都冷得可怕,所以修道士们才穿着那种看不见脚后跟的长袍吧。我再补充一点,内战时期佛朗哥军队的总司令部也设在这座城市,从1936年10月1日开始的三年间,他一直在此指挥,并在这里任命自己为元帅。

我们离开了布尔戈斯城。

杜罗河的一条支流——阿尔兰松河向西南方向流淌,将布尔戈斯城分成两个区域,我们沿着这条河往南行驶。天气与昨日全然不同,天空万里无云,阳光灿烂,让人感到有些热。

我们拐进乡村小道,驶入托尔克马达村。

这是一个毫不起眼的村庄。村里有一个与村庄规模很不相称的大教堂,但保存不善。教堂前,广场上的石板地面比铺设于罗马时代的路还要凹凸不平,村里的道路甚至没有用任何措施加固。屋顶已经坍塌的空房子格外醒目,村里万籁俱寂,空屋子的主人们大概都去德国那边打工了,只有村头的一家磨面厂显出了一丝生气。

不过,我绕到教堂的后面,发现那里靠墙竖着三四面红旗,使我感到有点惊讶。推开侧门进到教堂的里面,刚才村庄里那种寂静萧条的氛围陡然一变——教堂里挤满了男女老少,甚至有找不到座位站着的人。神父正站在装饰着蜡烛的祭坛前举行盛大的弥撒。同行的岛画伯①在我耳边小声说:"今天是五一劳动节。"但眼前的景象仍让我一时间感到十分费解。今天是周一,并不是通常做弥撒的日子,教堂后面靠墙竖着红旗……他们是在村里一边唱着《国际歌》一边举行示威游行之后再来参加弥撒……还是准备弥撒之后再举着红旗示威游行呢?……难道这里的工会属于天主教系统?我想不出还有其他的可能性。

但我来到这个村庄,并不是为了看这里奇特的五一劳动节。

"托尔克马达!"

如果这么喊一句,只要是对设置在西班牙或整个西欧的宗教裁判所,或对所谓的"黑色传说"感兴趣的人,一定不会不为所动。

---

① 此处应指画家岛真一。岛于1971年至1985年旅居西班牙,对西班牙现代美术及阿尔塔米拉洞窟壁画进行了深入研究。2008年去世。

第六章 疯女王与神圣罗马帝国皇帝

"大法官托尔克马达!"

我不打算在此对宗教裁判所详述一番,这里也不是适合详述的地方。但是,我们必须纠正一说起宗教裁判所就只想到西班牙和接连不断的火刑拷打等酷刑的刻板印象,仿佛西班牙本身就是一个黑暗无比的国家。实际上,与意大利和德国等国相比,在西班牙遭遇火刑等酷刑的人数仅是那些国家的几十分之一,尤其是在女巫审判方面,理性之下的西班牙裁判所近乎是对这些行为一笑了之了。西班牙迫害了许多改宗天主教的犹太人是事实,但那是因为他们中的大多数人虽然表面上改宗了,在私下却举行犹太教的祭祀活动,且多数情况下是被同族的犹太人偷偷告发的。他们不是作为犹太教徒,而是作为天主教徒的异端被处刑的。

当然我并不是要为可怕的宗教裁判辩护。然而,事实就是事实,而且我还要补充一点,西欧的宗教审判和大量迫害是与文艺复兴时期的人文主义精神的蓬勃发展同时进行的。

西班牙学者中为宗教审判辩护的人,大都会举出以下理由:正是因为这项制度,西班牙才避免了宗教战争;西班牙文化黄金时期的作家(塞万提斯、卡尔德隆、洛佩·德·维加、委拉斯开兹等)也是在这项制度的鼎盛期大放异彩的;民族"血统的纯粹"因此得以延续等等。就算事实是这样,事物也都是有其反面的。

最重要的是,这项制度持续的时间过长了。虽说它后期逐渐空洞化,但一直到1834年才最终被废除,这期间经历将近400年。告密、威胁、贿赂成为生活中的日常,持续不断的文化锁国状态再加上长期的苛政、弊政,共同将这个国家引向了衰落。

"托马斯·德·托尔克马达!"

出生于这个村庄的托马斯是这项制度的实际创始人。格拉纳达的阿尔罕布拉宫内的博物馆里有一张画。画中描绘的是这样一个场景:格拉纳达沦陷后,伊莎贝拉女王和费尔南多国王正在商议是否发布犹太人驱逐令,这时犹太人的代表带着三万杜卡特金币前来请求放过他们。出生于这个村庄的托马斯突然在双王的面前举起十字架,上前大吼道:"犹大以三十枚银币将耶稣出卖了,你们打算以三万枚金币再出卖一次吗?"然后把十字架扔向双王的脚下,夺门而出。伊莎贝拉女王当即做出决断。

"托马斯·德·托尔克马达!"

村庄万籁俱寂,教堂的后面红旗靠墙而立,弥撒庄严肃穆地举行着,管风琴的音色悠扬沉稳。或许他们是在接受了神的祝福之后,再去教堂前的广场唱响《国际歌》吧。

这个国家的天主教似乎也变得越来越接近举办葬礼祭祀、创办学校之类的那种宗教,在教堂忏悔的人越来越少,托雷多、塞维利亚、布尔戈斯等地的大教堂在西班牙人眼中已渐渐变成了观光的对象。但在这附近的乡村,例如昨天去的杜罗河畔的阿兰达教堂,天主教仍生机勃勃。

我们离开托尔克马达村,驶向帕伦西亚城。

这座城市里的教堂也历史悠久,是由出生于法国图卢兹的西哥特人圣安东林兴建的。这座教堂也混杂了哥特式、文艺复兴式、罗马式等样式。而且,令人毛骨悚然的是,位于祭坛正下方的地下室是古罗马时代的地下墓穴,里面还有伊斯兰教徒建造的用于供水的贮水池。我顿觉冷飕飕的,似乎闻到一股腐水味。"历史竟然还带着水的气味",我嘟囔着急急忙忙地从里面逃了出来。

不过,这座教堂里曾经有一位牧师大言不惭地说:"什么?耶稣行神迹?这在我的教区是绝不允许的!没有我的许可,擅自行神迹之徒都将用火刑伺候!"他因此而广为人知。这一句话甚至成为陀思妥耶夫斯基《卡拉马佐夫兄弟》中的一章——《宗教大法官》的创作源泉。

这座城市也因大量庆祝五一劳动节的红旗和标语而热闹非凡。所有的墙上都贴满了大张的工会联合会的传单,让人惊叹它们居然可以被贴得如此之密。

离开帕伦西亚,我们一路南下,前往大约14公里外的巴诺斯-德塞拉托村。村名的意思是塞拉托的浴场,昔日这里好像有温泉或矿泉涌出。过去西哥特人国王曾在这里养病,为了感谢神的治愈之恩,他在这里建了一座小小的石砌教堂。从外面看,教堂确实很小,应该说就是一间小石屋,但石头堆砌得十分牢固,像是用石头做的独角仙,给人一种纹丝不动的安定感。进入其中,我们发现内殿一个用大理石做的低矮拱门上,刻有建造时的日期:661年。

公元661年……

我的脑海中又一片茫然。要是像古罗马时代、西哥特人时代这类有些含混不清的历史时代称谓也就算了,清楚地刻上661年,着实让看的人不知所措,不由得想往后退。这种表明距今1300年以前时间的数字本身不具有任何意义。"啊哈……661啊……"即使我试着这样自言自语,仍然觉得毫无意义。或许我们本就不应该从历史中寻找意义吧,它之存在本身就是历史,而它终究会与我产生关联。我会茫然,是否就已经表明它与我产生关联了呢?对这间石砌教堂而言,是否只有刻上代表"公元661年"的"661"才有意义,而之后的1300年就等同于"无"吗?我没有答案。

袖珍的小石屋和周围的小麦田很般配。

我们继续南下,经过继布尔戈斯之后成为卡斯蒂利亚首都的古典城市巴利亚多利德。卡斯蒂利亚的多位国王曾居住于此,并在这里创办了大学。伊莎贝拉女王和费尔南多如同私奔般地来到这里结婚;值得一提的是,也是在这里,德拉斯·卡萨斯和塞普尔韦达两位大学者在卡洛斯五世的面前,堂堂正正地就殖民地的人权问题展开了辩论;塞万提斯和哥伦布在失意中于此去世……凡此种种掠过我的脑际,但我决定这次不在此停留。因为天空阴沉了下来,变得冷得可怕。这座城市往南11公里的地方,有一座锡曼卡斯城堡,里面保存的与卡斯蒂利亚王国相关的古代文书多达800万件。

"一旦进去了,就到死也出不来了吧。"我们开着玩笑从它旁边驶过。其实我很想看看成天与这些古代文书打交道的管理员会是一副什么表情,然而不是所有的东西都能看个遍的。

从巴利亚多利德往南行驶44公里,我们看到架在一年四季都水量丰沛的杜罗河上的古罗马时代的雄伟大桥,随后驶入位于这条河右岸悬崖之上的小镇托德西利亚斯。

从桥上能看见小镇的悬崖上立着一个巨大的石头十字架,光是看到这个十字架,就让人对这座小城产生某种不祥且悲惨的印象。疯女胡安娜的马车驶入这座小镇的城堡,装着她丈夫遗骸的灵柩被放入可以从城堡看见的修道院里。这是他们在卡斯蒂利亚的旷野上漂泊了3年后,即1509年2月的事情。此后,直到46年后去世(1555年),她都没有离开过这座城堡。他们也不放她出去。而且这46年,也是西班牙这个国家在世界史上最声名赫赫的时期。但她才是这个西班牙(España)的女王。

据相关书记载,各种各样有关她情况的报告从托德西利亚斯的城堡传到她的父亲阿拉贡国王费尔南多和她的儿子卡洛斯五世那里:她不更衣(因此衣衫褴褛,肮脏不堪)……小便失禁……睡在地上……吃饭也在地上……不参加弥撒(难道她是无神论者?)……

由于这座城堡后来极度破败,最终被拆掉了。如今那片空地成了临河的休闲广场,为了驱除邪气而立的巨大石头十字架就矗立在那里。修道院倒是完整地保留了下来,而且还得到了修复。我来过这里3次,每次来都会想一件事:在窗户上没有镶嵌窗玻璃的时代,在寒风呼啸的卡斯蒂利亚平原的悬崖上,女王居然能够不患感冒,只靠望着杜罗河和原野活了46年!

我想着这些事情,在有着阿拉伯风格装饰的修道院前停下了脚步,不知从何处似乎传来了那台羽管键琴发出的音色,宛如大正琴的琴声。

胡安娜从她被幽禁的塔的窗口招呼在下面玩耍的孩子,那番情景实在太过凄惨。她的儿子卡洛斯五世卷走了西班牙所有的钱财,并且把在西班牙的收入作为担保,从德国、意大利、荷兰等地大肆贷款,一味地昭扬他那神圣罗马帝国皇帝的威势,对此愤愤不平的西班牙人民曾揭竿而起,卡洛斯五世整整有14年避离西班牙。总而言之,尽管金银财宝从新大陆源源不断地涌入西班牙,但卡洛斯五世将它们全部用在了对外征战上。对于西班牙的衰落,这位神圣罗马帝国皇帝要负直接责任。

人民起义的首领们去面见胡安娜时,碰巧她神志清醒,她说:"我是卡斯蒂利亚女王……"尽管她这么说,但作为女王她不做任何决定,也不在任何文件上签字,为此首领们意志消沉，起义最终失败了。这次起义的名字，在这座小镇西边14公里左右的地方，以"比利亚拉尔-德洛斯科穆内罗斯①"的形式保留了下来。那是一个日渐衰落、几近凋敝的贫穷村庄。

我想，如果能有贤明的臣子扶持这位疯女王，不对外进行战争，专心内政，从新大陆流入的金银会不会使这个国家变得极其富有和强大呢？西班牙也不乏这样的臣子。例如上文提及的托尔克马达，以及位居枢机主教，同时又是杰出将领和学者的西斯内罗斯，和同为枢机主教的门多萨等等。

伊莎贝拉女王苦心经营换来的成果在神志清醒的孙子卡洛斯五世的手中化为泡影，这个投机者把疯女王或许能靠臣子的辅佐而保全的国家毁掉了。

那位伊莎贝拉女王满怀不安地在坎波城去世，这座城市位于疯女王所在小镇以南23公里。那位文艺复兴时期的枭雄、臭名昭著的恺撒·波吉亚被驱逐出意大利后就被囚禁在这儿的城堡里。这座城堡围上了壕沟、高墙耸立，恺撒从城堡的塔上顺着绳子跳下，越过壕沟逃了出去，但最后仍落得了个悲惨的下场。

---

① 意为"城市公社比利亚拉尔"。1521年4月23日"西班牙城市公社起义"的起义军在此村庄附近被打败，首领被俘后牺牲。

另外，说到恺撒·波吉亚，这位青年的父亲——教皇亚历山大六世，就是那位批准与这座小镇同名的《托德西利亚斯条约》的人。条约中约定，被"发现"的新大陆由西班牙和葡萄牙平分。这简直是毫无道理的事情。根据这个条约，巴西归葡萄牙所属，秘鲁成为西班牙的领地，如果日本也被征服的话，就应该归属葡萄牙。这是世界帝国主义的发端。

为了找寻历史，我来回游走于卡斯蒂利亚的大地，情绪越发低落。伊莎贝拉女王出生的地方叫马德里加尔-德拉萨尔塔斯托雷斯（意思是高塔的恋歌），这个村庄只有名字堪称优美，晾晒的衣物随风飘扬，村庄却如同废墟。我们驶过这个村庄和她度过幼年时期的阿雷瓦洛城，一从塞戈维亚进入山里，我们就被困在了厚达50厘米的积雪中。

第七章　在尤斯特修道院

我们离开托莱多,沿着地方502号公路向西行驶。

这一带可以说是西班牙的中央高地,却几乎寸草不生,麦子也长得出奇的低矮。不过土地尽管贫瘠,寸草不生,但也有其用途。在离托莱多大约80公里处的塔拉韦拉,是一个盛产陶瓷器的地方。我们驶过这座城市再一路向北,进入山地。

那是一段相当无聊的路程,途中,我想起了去过大概不下10次,且每次都有新发现的托莱多圣克鲁斯博物馆。这座博物馆和大教堂一样,都代表了托莱多。它位于极其丑陋的城堡的正下方,因此鲜有游客造访。这栋建筑最初是卡洛斯五世的贤妻——葡萄牙的伊莎贝拉没收的属于贤明且擅长理财的枢机主教门多萨的财产,并以此为基础修建成医院。医院以前好像甚至还绘有穹顶壁画,很是奢华。这里也有两三幅格雷科的画,但我现在并不感兴趣,我进去是为了思考疯女胡安娜的长男卡洛斯五世的事情。

这里有一尊卡洛斯五世的青铜像。他的面部较长，下巴就占了大约一半；下颚突出，上下的牙齿不能充分咬合。他吃大多数食物似乎都是一口气硬吞下去，尽管如此，他却是个大肚汉，据说他一生都在不停地暴饮暴食。他非常喜欢吃前菜盐渍鳀鱼（小沙丁鱼），他会把鳀鱼堆在一起，然后猛地一口吞下，再咕嘟咕嘟地大口喝放在雪里冰冻过的啤酒。如此一来，他患痛风也就不足为奇了。这个男人忍受着脚的疼痛坐上了那顶轿子，正如他之后在1555年布鲁塞尔的让位演讲上说的那样："我到过德意志九次、西班牙六次、意大利七次、低地国家十次；在和平时期及战争时期前往法国四次、英国两次、非洲两次，总计出征了四十次。我还在地中海航行过八次，横渡英吉利海峡三次。"他度过了不折不扣的东奔西走的一生，这样的生活让人完全羡慕不起来。而且他作为西班牙国王——实际上是摄政，因为他的母亲胡安娜才是女王——甚至有十四年的时间都不在西班牙，在西班牙的国民看来，这样的国王是不可饶恕的。

博物馆的楼梯墙面和二楼的墙上，并排陈列着他成为神圣罗马帝国皇帝时的印刷画。一幅描绘罗马教皇克雷芒七世在托莱多为卡洛斯五世加冕的贺宴图中，除了诸王、枢机主教、旗手、乐师以及其余众人组成的长长的队列外，还绘有一整头烤全牛，牛的肚子里还塞入了各种各样的佳肴，有面包、肉、葡萄酒……好一副金谷宴盛景。

这样的盛宴固然令人得意扬扬，但要被选为神圣罗马帝国皇帝归根结底是钱的问题。作为选举的后遗症，一到打仗、出征，无论多少黄金白银从新大陆流入西班牙都远远不够。历史学家实在是很随意地说："在查理（卡洛斯）五世统治下的诸多领土中，为皇帝的帝国做出最切实援助的是西班牙。"①当我真正在西班牙生活了之后便会想：尽管不乏多种婉转的表达，但他居然能厚着脸皮说出"援助"这个词。

作为西班牙的国王，卡洛斯五世本应协助母亲胡安娜治理国家，进一步完善外祖母伊莎贝拉女王留下来的制度，但在他的眼里似乎只有哈布斯堡王朝的权益，而西班牙这个国家只不过是向他运送金钱和士兵的基地。

青铜像上的小眼睛的确很符合这个拥有皇帝称号的人的性情，让人感觉他群疑满腹，似乎没有信任过任何人。在他的统治西班牙的机构卡斯蒂利亚议会的十五名成员中，只有区区两名西班牙人。

---

① 引自亨利·拉佩尔的《查理五世》。

他过分搜刮钱财、征募兵员，一味地榨取，引得国内叛乱呼之欲出。这是理所当然的结果，但就算是在这样的时刻，他也还是在加利西亚地区一个偏远城市圣地亚哥-德孔波斯特拉召集议会，留下一句"国家正面临着覆灭的危机，诸位应当做好自己该做的事情。我大概三年后再回来"，就去了德国。从全国把议员召集到国家西北边陲之地本身就是一种侮辱他人的行为，但他却对此置若罔闻，归根到底只是因为这座城市离港口近。在议会上对捐款投了赞成票的议员回到本地后就被杀害了。

他还以西班牙的国家收入为担保，不停地从全欧洲的金融机构贷款，当他退位的时候，仅在西班牙国内，就有相当于2000万金币的无担保超额贷款，说什么让位、卸任的漂亮话呢。在这位国王的统治下，最繁荣的地方是低地国家，最倒霉的地方正是西班牙。伊莎贝拉和费尔南多苦心经营建设起来的国家统治机构瘫痪了，任何事情都要靠钱来解决，全国机构中尚且在发挥职能的只剩宗教裁判所。而且，他从低地国家、德国、法国、意大利等地带来的朝臣也个个贪得无厌。

1517年9月，这个男人才16岁，他第一次踏上了西班牙的土地。他到托德西利亚斯去见被囚禁的母亲胡安娜时的逸闻，或许能够说明些什么。他抵达的事情被通报给女王，某位愚蠢的家臣报告说："卡斯蒂利亚的国王卡洛斯驾到。"对此，胡安娜面带威严直截了当地说："卡斯蒂利亚的女王只有我一个，我儿卡洛斯不过是王储。"

胡安娜在 75 岁去世之前，都一直这样对待卡洛斯。重要的文件或决定事项上都同时有女王和卡洛斯两人的签名。

不过，就卡洛斯而言，不确定自己到底是国王或者仅仅是个摄政者的状态持续了好几十年，也是难以忍受的吧，所以他对待母后的方式也越来越残酷。一开始他还毕恭毕敬，但渐渐地就心术不正了。他故意挑选他母亲状态最糟糕的时候，冷不防地让卡斯蒂利亚的重臣和异国的外交官去会见他的母亲，以让众人坚信她的异常。

与此相比，卡洛斯的外祖父，也就是胡安娜的父亲阿拉贡国王费尔南多的所作所为似乎更符合女王的亲人的身份，他处处为发疯的女儿——卡斯蒂利亚的女王着想。费尔南多失去妻子伊莎贝拉女王后，不希望连阿拉贡的王位也被外孙卡洛斯抢走，于是从旧敌法国迎娶了一位叫热尔梅娜的年轻姑娘，为了生儿子而努力，但最终竹篮打水一场空，他们生是生了一个，但马上就夭折了。这个男人似乎是因为服了后妻给他配制的牛鞭和生牛血之类的壮阳药中毒身亡的。简直净是些离奇的事情！

每当我想到疯女胡安娜的命运，作为对照，我总是想起

《哈姆雷特》中的奥菲利娅。奥菲利娅因为爱上了哈姆雷特而发疯，最后溺死；而胡安娜可以说是因为美男子费利佩和低地国家的文明而发疯的吧。她一定要让费利佩的灵柩放在自己眼睛能看见的地方，疯疯癫癫的她身为女王，却直到75岁都没有离开过托德西利亚斯半步。

那真的是活得比幽灵还更像幽灵吧！

从前文和卡洛斯五世会面时的逸闻也可以看出，学者们在逐渐深入调查文献的时候发现：胡安娜似乎在最关键的时刻，基本上精神都是正常的，也由此产生了胡安娜是装疯的说法。

由黑马牵引着的黑色马车，久久地漂泊在卡斯蒂利亚的旷野上。

我们离开盛产陶瓷器的塔拉韦拉，沿着乡间公路向北行驶，进入长着红松的山地。松果足有婴儿的头那么大，曾有一个日本青年认为把这些松果收集起来出口到日本会很畅销。不知道他的想法是否实现了，而我则只关心这里是否长有松茸。

穿过这片海拔不算高、长着松树的山地，行驶了大约40公里后，我们到达一个叫阿雷纳斯-德圣佩德罗、拥有美丽古城遗址的城市。由此再转向西边,穿过被称作格雷多斯山、高度达到1300到1500米级别的山脉的山麓,行驶70公里左右,我们到达一座名叫哈兰迪利亚的山城,那里有一座建于15世纪的旧宅邸。

这座宅邸目前成了国营的古堡酒店,同前述的卡莫纳的古堡酒店一样,所有房间都面向漂亮的中庭,着实是一座古色古香又环境优美的宅邸。卡洛斯五世在1555年交出神圣罗马帝国皇帝的王位、1556年交出西班牙国王的王位之后,在准备退隐到这附近的尤斯特修道院、等待修道院一切准备就绪期间,也曾在这座宅邸住了3个月左右。除了一些设施更加现代化,其他地方几乎保留着400年前的原样。

我走在这座古堡酒店的中庭,眺望宅邸配套的庭院和满屋挂着晾晒的红辣椒的村里的一户户人家,感觉自己似乎也渐渐体会到了那个被赋予"卡洛斯五世"称谓的男人的心境。

迟来的黄昏笼罩在这座位于格雷多斯山脉山腰上的村庄,周围的空气仿佛被锁在紫水晶里一般凝固了起来,悄然无声。微微飘来奇妙的香气,我之后才意识到那是发自长势正旺的烟草叶。

第七章 在尤斯特修道院

出生于1500年这一具有象征意义年份的卡洛斯,从十五六岁开始就奔走于整个欧洲和北非等地。据统计,1517年以后,他旅行天数的总和占他在位时间的四分之一,他约有500天奔驰在战场,200天航行在海上,如此度过了3200多个"流浪"的夜晚。据说"那是为了让国民始终忠于君主,所以君主必须到各个领地待上一段时间"①,一国之君这门买卖真不是一件轻而易举的事情。

尤斯特修道院就在仅离这座哈兰迪利亚的宅邸大约10公里远的平缓的山里。

山里栗子、胡桃、栲树等有几百年树龄的参天大树郁郁苍苍,不知从何处传来牛的叫声。这里有朴素的石砌修道院和教堂,旁边附属的楼就是卡洛斯五世的两层隐居所。后者由石头和木材组合建成,仍然称不上是奢华的建筑。通向玄关的石板路两侧,种植着也是有好几百年树龄的巨大桉树。石板路上滚落着在日本不曾见过的大颗的栓皮栎实,石砌台阶比普通的台阶每阶的高度更低,雕刻得也更为精细,这大概是因为卡洛斯五世痛风腿瘸的缘故。石阶的旁边置有一方宽大的上下马用的马石。

---

① 引自亨利·拉佩尔的《查理五世》。

卡洛斯把佛兰德的挂毯和提香的绘画等各式各样的珍宝带到这里，享受一个人——不过他的侍从好像有近百人——的生活，据说他在庭院里凿池养鳟鱼，还从二楼的阳台上垂钓……

天花板很低，而且不知为什么，细长的大理石柱尺寸不够，只能在底部用砖石续了个柱础。他或许也曾抱怨过"身材再怎么矮小，这个天花板也太低了"吧。他居室里的一面墙上开了一个孔，能直接俯视下面的教堂，当他痛风症状加剧或生病卧床不起的时候，似乎就躺在床上参知弥撒。不用说，这里有一个很大的壁炉，当夜幕降临，这里估计除了柴火爆裂的声响和风的声音以外，听不到其他任何声音。真是寂寞！这里能看见槲树，槲树的叶子大得足以包三四个槲叶糕，想象槲树的枯叶发着声响在庭院里滚来滚去的情形，令我不由得陷入了沉思：在夜深人静的时候，他在思考些什么呢？

有这样一个传说。这位王在晚年，曾微服出行到马德里郊外的埃尔-巴尔多森林，他穿着便服散步的时候，遇见了一个樵夫。他问樵夫："在迄今为止的西班牙国王中，你认为谁是最好的国王，谁又是最差劲的呢？"

"那还用说，最好的当然是伊莎贝拉女王！最差劲的嘛，我能说的，大概就是现在成了我们国王的人。这位国王可把我们害惨了,他丢下妻儿不管,又是到意大利,又是到德国、佛兰德等地乱跑,把西班牙所有的钱都拿走了。外国人可能以为这位国王是在用自己的钱和来自印度(新大陆)的金币征服世界。这也太高看他了。这位国王一天到晚都缺钱,甚至强行向我们老百姓课新税,征附加税,我们是吃了上顿没下顿啊!要是他能满足于只当个西班牙国王就好了,那样的话,他一定已经成了世界上最伟大的国王吧……"

传说终归是传说。对于历史学家而言,传说和假设是禁忌,但我不是历史学家。史料有骗人的时候,但是,传说不会骗人。

据说1555年10月,这位国王在布鲁塞尔的王宫发表让位宣言的时候,朝臣们都痛哭流涕、七慌八乱,这不像是在西班牙会出现的场面。如果是严谨又杀气腾腾的西班牙宫廷,即便是朝臣大概也面不改色吧。然后,在第二年的一月,他将西班牙的王位也让给了嫡子费利佩二世。

虽说此时他让出了西班牙的王位,但他母后疯女胡安娜结束其漫长又黑暗的一生是在1555年4月,所以,卡洛斯正式作为西班牙国王卡洛斯一世统治西班牙的时间仅仅只有9个月。

一个是在托德西利亚斯城堡一间昏暗的房间里被幽闭了

44,或是 47 年——按她丈夫费利佩在布尔戈斯去世当年算起——的疯女王,一个是打从一开始就唯独没有为西班牙考虑过的西班牙国王。

有关卡洛斯五世让位后为何回到了西班牙的原因,有学者认为是因为他还是爱西班牙的,但恐怕并非如此,可能只是因为干燥的水土更适合他病弱的身体罢了。

他一生的抱负,是实现神圣罗马帝国的理想,即建设天主教统治的泛欧洲帝国和征伐奥斯曼帝国等地的异教徒,而以马丁·路德为首的抗议派(抗议者、新教徒)的扩大和与此同时产生的民族国家思想却打破了他的抱负。并且,他也没能使巴尔干地区摆脱奥斯曼帝国的强大影响,奥斯曼军队甚至一度拥到了哈布斯堡王朝的根据地维也纳的郊外。

1558 年 9 月,卡洛斯五世在尤斯特修道院逝世。

他不必坐上粗陋的轿子四处奔走的日子只有寥寥两年不到。他的遗骸在这座修道院安置了 16 年后,被移到了他的长子费利佩二世建造的埃斯科里亚尔离宫那令人毛骨悚然的地下。

第八章 在"化石之城"——科尔多瓦和格拉纳达

一位年轻的同胞旅行者,到访了我们位于格拉纳达阿尔拜辛山丘上的公寓。当他说"科尔多瓦和格拉纳达真是'化石之城'啊!"的时候,我心里咯噔了一下。

我心想:原来如此,那我们就是"化石之城"的客人了!

在我们公寓的窗户下,北非卡斯巴式白色小民居夹着狭窄的坡道、呈迷宫状一圈圈攒列着。这位年轻旅行者话音未落,它们好像一瞬间吃了一惊似的晃动了一下,然后便一动也不动了,仿佛化作了化石。

这就是过去某种文明的化石吗?我再次抬起头,望向窗户正前方,那里有阿尔罕布拉宫的红褐色外墙,在它的深处潜藏着某种壮丽和神秘的东西。我不由得感觉自己仿佛在安达卢西亚澄澈且蓝得不可能更蓝、已经达到蓝色极限的天空下,看见了沉于海底的宫殿化石。

文明也会变成化石吗……

原来我在科尔多瓦和格拉纳达的时候,总是感到被某种淡淡的悲哀所左右。我寻思,那种悲哀,似乎来自两个方面:一是耳濡目染的桩桩件件事情,都令我痛感自身欣赏文明能力的陋庸;二是感慨:莫非是我青春期开始的与西欧文明的接触,和对与之竞争的亚洲和非洲等——用今天的话讲即所谓的第三世界文明——的关注,加上自身对于美和神秘的内在追求,最终把年满60岁的我带到了这个地方吗?

不过,结论性的话还是不说了吧。因为我觉得最近相继去世的朋友们在离去之前也没有拿出所谓的结论。

那么……

让我们走进科尔多瓦城吧!

我们决定从马德里南下前往。近来,人们普遍选择从近年新开发的城区,而不是罗马人建的石桥进入这座位于瓜达尔基维尔河右岸的城市,但我还是更愿意走罗马桥。这样,无论在编年史的意义上,还是心情上,都是一段平稳的过渡。不过,从桥上能眺望到的光景——以正面能看到的罗马时代的凯旋门来说,科尔多瓦城看上去很可能是一座脏兮兮的城市,让人的期待几乎要落空。巨大的清真寺兼天主教大教堂如今低调地立在低矮的凯旋门广场背后，这座大型建筑物连一个可称作窗户的东西也没有，从外面看仿佛是一座监狱，显得十分异样。

我想，仅就外观来看，如此丑陋的大寺院，无论是以清真寺还是基督教堂来看，恐怕不会再有第二座了。它照例是先由西哥特人在罗马神庙的基石上建造了基督教教堂，然后在此之上，或以此为基础，经过4次扩建而成。它本是平屋顶的建筑，但在它壮观的屋顶正中央附近，却很突兀的建有一个类似于基督教教堂的圆屋顶，像一颗瘤子般冒了出来。这里的外墙曾经有19个阿拉伯伊斯兰建筑特有的拱顶形入口，从任何一处都可自由进入。可自从1236年基督教徒收回这座城市后，他们便立刻用石头和砖塞满了几乎所有的入口，它因此成了一座匍匐在河边平地上的自我封闭式的城堡。矗立于它正面入口处的钟楼，据说1593年被大风刮断，如今它基本上是以一种未完工的丑态面对游客，仿佛在说：由于资金无以为继，所以到此停工了。

它的外观和边沿实在是太难看了！

不过，先进入内庭看看……

内庭名为"橘园"，围绕着中央的喷水池，不仅种有橘子树,还整齐地种植着椰子树,它们暗示出紧邻橘园的大寺院内部的某些东西。

眼睛习惯了安达卢西亚强烈的阳光,要适应寺院内部的昏暗需要些许时间,而在我看来,这些许的时间是最宝贵的。

这里有一片数百根大理石柱构成的石林,以及连接柱头与柱头、分别涂上红色和黄色的拱顶所构成的茂密森林。石头,尤其是大理石,居然能够与这样的植物——中庭的棵棵橘树和谐相处,让我颇感意外。在过去的伊斯兰时代,19个出入口都敞开着,人们可以自由地来回穿行在中庭和街道之间。这些大理石柱在极其抽象的同时,又不乏作为石柱森林的具象性。

它们曾经有1200根,现在一部分是由于基督教教堂建在里面而减至854根。仔细看会发现,它们的粗细虽大致相同,但大理石的色调却各有不同,有的柱子上甚至还刻有踯向上方的火焰型图案。这意味着它们不仅来自西班牙各地的采石场,也来自罗马和西哥特人的神庙和教堂,不单是从西班牙,也从北非和希腊,甚至君士坦丁堡搬运而来。

我们作为异教徒,最终也只不过感叹一下:这真是一座奇妙的建筑啊。除此以外已找不出任何其他语言来表达。然而,人类的信仰会具体表现为何种形态,会多姿多彩到什么程度,这已经超出了想象的范围。这座建筑足以使人确信这一点。

我不为后世将镶满金银的基督教教堂建到这座大清真寺里而叹息。原本这里就曾经是罗马的神庙、西哥特人的教堂,甚至在伊斯兰教统治的初期,在同一个地方,星期五是伊斯兰教徒、星期天则是基督教徒分别在这里举办礼拜仪式。

关于在这座宏大无比的大清真寺中建造了一座文艺复兴样式金光闪闪的、宏大无比的教堂这件事,据说卡洛斯五世曾愤慨道:"还有比在独一无二的建筑里建造随处可见的东西更蠢的蠢货吗!"但这位国王自己就拆毁了格拉纳达的伊斯兰建筑代表阿尔罕布拉宫的一部分,在那里建造了与周遭格格不入的王宫供自己起居,所以他没有发牢骚的资格。格拉纳达的王宫,活脱脱将只和德国的森林或莱茵河畔相称、粗糙又丑陋的东西,强行塞进了集中体现阿拉伯民族艺术积淀的精巧细作中。

离开这座大寺院,步行至科尔多瓦老城,穿过在小巧民居的白墙上装饰有五颜六色的盆花的狭窄小巷,就到了旧犹太区。

罗马神庙、伊斯兰大清真寺、基督教大教堂,再加上犹太区。我之所以为自身欣赏文明能力的陋庸而悲哀,因为我无论如何都无法把这三种或四种不同的文明共存的形式，当作理所当然的历史现象囫囵吞下。

与这四种文明相关联，科尔多瓦还诞生了四位大学者。效劳于尼禄、最终被尼禄赐死的罗马诗人、剧作家、政治家塞内加就是这里的人。塞内加作为禁欲主义者广为人知，同时也擅长积蓄钱财，他早在哲学的形成初期就宣称"哲学家只说不做"。西班牙有"法律是用来遵守的，而不是用来执行的"说法，他大概就是这种典型的西班牙人吧。

另一位是基督教的主教，算是首次提出三位一体说的荷西乌斯主教。他因为离开科尔多瓦，从罗马流浪至小亚细亚、君士坦丁堡而为世人所知；第三位是伊斯兰教的教法学家阿威罗伊，伊斯兰教教义的确立有他很大的功劳，并且他在引介亚里士多德的哲学到欧洲方面也做出了很大的贡献；最后的一位是位医学家，在确立犹太教的教义上功劳颇伟的迈蒙尼德，不过这个人也是在离开西班牙后才名声大噪的，今天的阿尔及利亚、突尼斯、土耳其、巴勒斯坦等都留下了他的足迹。很奇妙的是，这四位伟大的科尔多瓦人中，除了基督教徒荷西乌斯主教，其他三位的塑像都能在这座城市看到。犹太教的迈蒙尼德裹着头巾，看上去像阿拉伯人；伊斯兰教徒阿威罗伊看上去则好似一身罗马人打扮；光着头的塞内加立在罗马时代的城门和城墙外,他把脸扭向了城门和城墙的另一边,仿佛在眺望故乡安达卢西亚的旷野。

可是,为何科尔多瓦诞生了四位对各大宗教各自拥有卓越见识的人,但这四个人都是在离乡背井后才声名鹊起呢?

顺便一提,在科尔多瓦和托莱多,曾经被翻译为阿拉伯语、以亚里士多德为代表的古希腊学者的经典著作,被再次译回拉丁语,为不久后的欧洲文艺复兴奠定了基础。

当我在科尔多瓦接触这四大文明而感到疲惫之时,往往会去看距离该城6公里远的阿尔扎哈拉离宫废墟,在那里我总算得以获得心灵上的慰藉。

这座废墟位于莫雷纳山系平缓的斜坡上,它远眺着瓜达尔基维尔河,是一座着实雄伟的三层离宫,也可说是宫殿。传说中的数字我就不再一一列举,不过据说它是在960年左右为国王的宠妃阿尔扎哈拉所建,但已于十一世纪被柏柏尔人毁得体无完肤,如今只重建了最下层入口处的接见使节的正殿的屋顶,那里有用来驱邪的蓝色大理石柱。它到底有多豪华?据说在正殿里有一个储藏水银的大水池,阳光照射进来时,如果触发水银池塘下面使其摇动的机关,其反射出的令人目眩的银光就会折射到金银或是红蓝色的墙壁和柱子上,豪华程度简直无法用语言形容。

但现在，它就是一座完完全全的废墟，只剩下石墙、残缺的大理石水池，和用砖建造的贮水池及用于输水的管道设施的遗迹。正殿的大理石地板上，密密麻麻地摆放着恐怕有数万件的石膏工艺品和大理石雕刻品残片，像是只等着研究人员和工匠为重建和修复而苦思冥想如何拼接、如何嵌入了。

这座废墟就同曾掠过我脑际的预兆一般：一旦阿尔罕布拉宫被毁，大概就会变成这副模样。

安达卢西亚阳光柔和的一个春日，我坐在阿尔罕布拉宫内被称作"桃金娘中庭"、有着一个大长方形水池的庭院一角发呆。要欣赏这座宫殿、遥想它曾经的辉煌，无论从哪个方位来看，庭院也好，室内也罢，坐在地上都是最佳的观赏方式。阿拉伯的公爵、王妃们，以及后宫的女人们顶多是坐在垫子上生活，而非使用椅子、桌子。

水池两边种植的桃金娘还没有开出小白花。正值初春时节，所以游客也不多，我可以一直坐在那里发呆，半小时、一小时，直到大理石的寒气侵上腰间。

有一次，我无意中将视线投向水池，看见水面上映出三位只留出一双眼睛，脑袋、嘴巴、鼻子都掩在面纱里的女性。

在那一瞬间，关于这座宫殿，我第一次感觉自己领悟到了什么。

那就是：他们和她们才是这里的主人，西班牙人及其他人都是外国人。

蒙着面纱的三位女性是摩尔人，站在这座放之四海皆属罕见的、甜美、女性化的建筑里，《古兰经》的语句和诗文等装饰文字俯拾皆是。她们，且只有她们，才能毫无困难地、顺畅地读懂。三位女性流畅地读完经文或诗句后，欣愉地继续着她们的会话。

我则只好颓丧地垂下头，抱住膝盖。因为对我而言，这些目之所及之处必定会出现的经文和诗句的装饰，就只是装饰，而不是文字。我也并不是没有想过要学点阿拉伯语，我甚至曾鼓励自己说：歌德八十岁以后才开始学习希腊语呢……

我从秋天开始，在格拉纳达度过了秋、冬、春、夏，大约十个月，但从春天那次之后，我就不常去阿尔罕布拉宫了，可以说是对它敬而远之了。如此一来，我便只在能看见宫殿全景的自家窗户前眺望它的外部，而关于它的内部结构，则停留在反复吟味的记忆中了。

对于现在的阿尔罕布拉宫，研究者的看法不一，有人认为它只有十五世纪建成时的三分之一大小，也有的人认为不过五分之一。拿破仑的军队在撤退时，好像欲将整个阿尔罕布拉宫炸毁，所幸的是炸药出了问题，未伤及重要部分。

鞍形的山丘被夹在从内华达山脉——它一年四季都为白雪覆盖——流淌而下的两条河流之间，在这座山丘上，沙漠之民大量运用对他们而言最为奢侈的水，且在没有马达和任何发动机的时代，运用当时最先进的导水技术，建造了由大理石、瓷砖、水、砖、木材、数十种树木和花构成的阿拉伯式装饰图案的宫殿。不过，仔细眺望这座宫殿就会意识到，它居然没有像阿尔扎哈拉宫一样变成废墟这件事情更让人感到不可思议。

从时间上来讲，它不是在伊斯兰王朝最兴盛的时候，而是在格拉纳达王国已经意识到自身衰退和败亡命运之际建成的，从保全宫殿，或者说是保存的角度来考虑，或许也是一件幸事。

无论选取伊斯兰王朝的哪个时期来看，都充满着内讧、内乱，因为其他很多宫殿和圣殿都是被他们自己毁坏的。

而且，像阿尔罕布拉宫这样完全无视持久性的大型建筑物，在世界或许都很罕见。只看红褐色外墙——它因此得名阿尔罕布拉，意为"红堡"——的人或许注意不到，其内部，用现在的话来讲，就是木骨加砂浆的建筑方式。说它是木造建筑的话或许言过其实，但整座建筑的芯柱都是来自北非阿特拉斯山脉及黎巴嫩的杉树,有的地方还在石膏上开了口,以让游客看见墙内的芯柱。

许多装饰屋顶的钟乳石状的窗花格,实际上也不过是灰浆和黏土混合而成的灰墁,要是有拳头硬的人给它一拳,恐怕就会脱落。几何图案的纹饰,和贴上了写有令我感到绝望的《古兰经》经文和诗句的瓷砖墙,也只是像花式蛋糕一样抹了一层石膏而已。

这样的东西竟然保留了下来,真是不可思议。或许是因为格拉纳达极度干燥的空气,和几乎流过每个房间的水以及大大小小的喷泉带来的湿气达到了微妙的平衡,从而防止了它自然坍塌。

我不打算过多叙述,因为不打算重复对美的事物进行直接描述的愚蠢行为。尽管如此,从前文所述的那些登峰造极的建筑和庭院倒映在水池中的桃金娘中庭移步至下一个狮庭时,人们会在一瞬间被这个庭院完全遮住眼睛,看不见接下来的布局,然后在下一个瞬间,那里又会忽然出现一片完全不同的景象,从而品味到音乐中的转调完美地具象化为建筑的那种愉悦感受。

狮庭的长方形庭院以十二头狮子驮着的喷水盘为中心,庭院里如今种植着花草,但好像以前地面上铺满了雷纹图案的深蓝色和白色瓷砖。当强烈的太阳光照进来时，那白色和深蓝色的瓷砖就会反射出令人睁不开眼睛的光芒。据说各两对排列起来的细长优雅的大理石柱上还贴有金箔，所以那大概已不是这个世界的景象了吧。

阿拉伯的王公贵族们给阿尔罕布拉宫施以斑斓的色彩，并在反射这斑斓色彩的大水池中安置裸女，这可是罗马的尼禄和中国的皇帝都不曾想到的事情。然而，阿尔罕布拉宫建成后不久，他们就不得不将这里拱手交给别人了，这也是命运。

据称狮子喷水盘上刻有这样一首诗：

> 小盘中充盈的清泉，
> 似心爱的姑娘眼里，
> 那欲藏还涌的泪水。
> 咕噜噜流淌下的水，
> 似黎明晶莹剔透的珍珠，
> 也似国王伸向士兵的手。

前岛信次译

我又想起了穆罕默德在《古兰经》里叙述的天上乐园：

把他们带到河川潺潺流淌的乐园,永久居住在那里吧。让他们在那里获得多位纯洁的配偶吧。让他们到浓密的树荫底下去吧。

井筒俊彦译

在那粗陋的红褐色外墙里面,竟饱含着如此丰富的东西,这实在跟这座城市的名字——格拉纳达(石榴的果实)非常贴切。

此外,面向桃金娘中庭主室附设的其中一个小隔间里,有象征基督教徒朝圣的扇贝状圣水盘,狮庭附属的一个房间里刻有犹太的大卫之星,反映出修建这座建筑的人们和这座宫殿的统治者们对于政治的看法。

1492年1月2日,阿尔罕布拉宫兵不血刃地易主,天主教双王——卡斯蒂利亚女王伊莎贝拉和阿拉贡国王费尔南多入城。彼时的投降条约是由伊莎贝拉和她身边的人起草的,堪称投降条约中宽松的典范。条约大致有55条,规定了"双王任命的司法行政官及法官在处理该条约中记述的阿尔拜辛及其他(伊斯兰教徒居住)地区的问题时,不得玷污他们的名誉"等行为准则。改宗基督教应出于自愿,作为伊斯兰教徒有留下来的自由，基督教徒不得干涉伊斯兰教徒进行宗教活动，要保证伊斯兰教徒居住、旅行、就业等的自由，向伊斯兰教徒课征的税不得超过基督教徒的等等，甚至这些非常细节的问题也顾及到了。我认为，这正是伊莎贝拉女王心思细腻的体现。

我就住在阿尔拜辛地区的外城墙内侧，每天从卧室眺望阿尔罕布拉宫的外墙，想起该条约针对基督教徒有一条"不得攀爬此墙，不得窥视该地区人们的生活方式"的条款，感觉自己仿佛就是阿尔拜辛的伊斯兰教徒。

如今基督教徒的孩子们还会爬上外墙，一脸羡慕地窥视着下面公寓附属的游泳池和网球场。

阿尔拜辛地区狭窄弯曲的坡道和迷宫般的路上布满了白色的低矮民居。在这座山丘上，到处是意想不到的小广场，与小广场格格不入、用石头建造的大十字架屡次威风凛凛地出现在小广场上，它们讲述着伊莎贝拉女王死后发生的故事。

无论哪一方都有狂热的信徒，1571年和1609年发生过两次大规模的摩里斯科（改宗基督教的伊斯兰教徒）战争，第二次他们全部被驱逐到了北非。

说到驱逐，1492年1月2日也是双王签署全体犹太教徒驱逐令的日子。比起对伊斯兰教徒的宽容,这个驱逐令苛刻得令人难以理解,甚至有史学家认为这是伊莎贝拉女王唯一的弊政。犹太教徒只被允许携带双手能拿的和背上能背的东西。表面上改宗的犹太人被称作猪(Marranos)。

我时常想,如果精通农耕和灌溉技术的少数伊斯兰教徒和曾负责跨国金融和物流、人口上也占少数的犹太教徒,以及擅长畜牧的大多数西班牙人和谐共存的话,那将会是怎样的一番景象。但如果是那样,西班牙大概就不是西班牙了。

阿尔罕布拉宫的下方有一座格拉纳达大教堂。由于这块土地上没有建造基督教建筑的传统,因此该教堂与这座城市的氛围极不协调,显得很突兀。但它附带的小教堂里,有一个巨大的、安置伊莎贝拉女王和费尔南多国王遗骸的大理石灵柩台,上面刻有两人生前的像。奇妙的是,伊莎贝拉女王把脸扭向一边,像是不愿看丈夫的脸一样。实际上,作为女王,她并不缺把脸扭向一边的恰当理由。譬如,这位丈夫——费尔南多每次外出远征,都会留下私生子,女王多年来为处理这些私生子的问题一筹莫展。但显然,她不是那种会扭过头去的心胸狭窄的女性,所以,她为何要以那种姿势长眠在这里呢?我咨询了教堂的圣职者,但他也不清楚。

和父母并排长眠在这里的是疯女王胡安娜和她的丈

夫——外表俊朗、年纪轻轻就去世、让胡安娜之后的一生都万分凄苦的费利佩一世。在这里，胡安娜紧握卡斯蒂利亚女王的权杖，也是把脸扭了过去，不看丈夫。这其中的原因我似乎能够理解。

这座胡安娜的雕像的确充斥着一种悲剧气氛，把她和她伟大的母亲放在一起思考，看到她们两人的遗骸都和各自丈夫的一起被收置在灵柩台地下那一看就很粗陋的棺材里，我渐渐地感觉自己也不由自主地完全沉浸到该国的历史中了。

后　　记

　　西班牙位于欧洲的西部边境,从某种意义上来说也是曾经的阿拉伯-伊斯兰文明的西部边疆,在相当长的一段时间里,我对它都有浓厚的兴趣。尽管如此,弗拉明戈和斗牛等观光性质的项目却几乎与我无缘。从史前到古罗马、西哥特人、阿拉伯-伊斯兰文明、基督教文明等时代,西班牙仿佛把那些时代和其间发生的事情捆成了一束,然后截断了给你看似的,通过展现完整的多层断面一次性将其历史的有趣之处呈现了出来。

　　此外,西班牙1930年代的内战和其后长达40年的独裁统治,也是现代历史的重要断面。

　　然而,要触及它的方方面面是不可能的,因此本书题名为"断章"。本书均执笔于西班牙,曾连载于《世界》杂志的1978年4月至8月刊、10月至11月刊。

第一章至第五章写于格拉纳达,第六、七、八章写于马德里。借此付梓之际,对在异国他乡给予我们帮助的诸位朋友表示感谢。

1978 年 12 月

堀田善卫

SUPEIN DANSHO: REKISHI NO KANKYO
by Yoshie Hotta
ⓒ 1979 by Yoshie Hotta
Originally published in 1979 by Iwanami Shoten, Publishers, Tokyo.
This simplified Chinese edition published in 2022
by Zhejiang Literature and Art Publishing House, Hangzhou
by arrangement with Iwanami Shoten, Publishers, Tokyo.
本书中文简体字版版权，浙江文艺出版社独家所有。
版权合同登记号：图字：11 - 2018 - 128 号

图书在版编目(CIP)数据

西班牙断章/(日)堀田善卫著；黄象汝译. —杭州：浙江文艺出版社，2022.4
ISBN 978 - 7 - 5339 - 6750 - 5

Ⅰ.①西… Ⅱ.①堀…②黄… Ⅲ.①散文集—日本—现代 Ⅳ.①I313.65

中国版本图书馆 CIP 数据核字(2021)第 281246 号

策划统筹	曹元勇
责任编辑	睢静静
营销编辑	耿德加　胡凤凡
封面设计	人马艺术设计·储平
责任印制	吴春娟

西班牙断章

[日]堀田善卫　著
黄象汝　译

出版发行		浙江文艺出版社
地	址	杭州市体育场路 347 号
邮	编	310006
电	话	0571 - 85176953(总编办)
		0571 - 85152727(市场部)
印	刷	上海中华商务联合印刷有限公司
开	本	850 毫米×1168 毫米　1/32
字	数	90 千字
印	张	5.75
插	页	4
版	次	2022 年 4 月第 1 版
印	次	2022 年 4 月第 1 次印刷
书	号	ISBN 978 - 7 - 5339 - 6750 - 5
定	价	48.00 元(精装)

版权所有　侵权必究
(如有印装质量问题，影响阅读，请与市场部联系调换)

一本书打开一个世界

欢迎订购、合作
订购电话：0571-85153371
服务热线：0571-85152727

KEY-可以文化　　浙江文艺出版社　　京东自营店

关注KEY-可以文化、浙江文艺出版社公众号，
及浙江文艺出版社京东自营店，随时获取最新图书资讯，
享受最优购书福利以及意想不到的作家惊喜